농부가 된 의사 이야기

농부가 된 의사 이야기

이시형 그림 에세이

특별한서재

首先，祝贺李博士的展览。因着韩国与中国从地理政学上最接近的邻国关系，所以自然有很多机会欣赏这些韩国艺术家的优秀作品。当我第一次欣赏到李时炯博士的画集时让我为之触动的不仅仅是他的画法精湛，而且写作及书法，大片的留白让人印象深刻。虽然是文人画，但我认为称其为李时炯画才是更正确的。李博士用灵魂创作的画深深地吸引着我的心灵。我再一次惊讶于这是李博士80岁的处女作。作品当中融入了平生80年的生命足迹，唤起许多人的共鸣。所以对作品的认可及我们对他的风格着迷，决定一起举办一个展览。对我来说是一种荣幸。让我感到更惊讶的是展览的标题「一个成为农夫的医生的故事」我很好奇会画什么故事。画面里的人挽起袖子回归到了田地展示着温暖的人间美的作品。完全的展示了一个非常神奇的创作世界。

우선 이시형 박사의 전시회를 축하드립니다. 한국은 지정학적으로 가장 가까운 이웃이라 한국 화가들의 그림을 접할 기회도 자연히 많을 수밖에 없습니다.

제가 처음 이시형 박사의 화첩을 보고 놀란 건 그만의 독특한 화법은 물론이고 글, 글씨 그리고 풍부한 여백이었습니다. 문인화라지만 이시형화라고 부르는 게 맞을 것 같습니다. 이 박사의 그림은 영혼으로, 마음으로 그렸습니다. 여든 평생에 처음으로 그린 그림이라는데 또 한 번 놀랐습니다. 처음이라곤 하지만 여든 평생에 걸친 연륜의 내공이 그대로 묻어나 많은 사람들의 공감을 사기에 충분했습니다. 그의 화풍에 매료되어 우리 둘은 함께 전시회를 열기로 뜻을 모았습니다. 나로서는 더 없는 영광입니다.

이번 전시회 제목에 나는 또 한 번 놀랐습니다. '농부가 된 의사 이야기'에는 무슨 이야기가 그려질까 궁금했습니다. 팔을 걷어 붙이고 흙으로 돌아간 그의 푸근한 인간미가 물씬 풍기는 작품들입니다. 정말 놀라운 세계를 그렸습니다.

황옥당(화백, 중국)

黄玉堂

황옥당(黃玉堂)

황옥당의 자(字)는 금과(金科)이고 호는 동악산인이다. 1957년에 출생하였고 본적은 산동성료성이며 서안미술학원, 국화학부를 졸업하였다. 하북동방학원 문물 및 예술학부 교수, 중국문학예술계연합회 서화예술교류센터 1급창작사, 중국서화예술지도위원회 위원, 중국인민예술가협회 상무이사, 중국 국예인민서화원 명예원장으로 활약하고 있다. 그의 작품은 선후로 국가올림픽조직위원회, 수도박물관, 국가박물관, 인민대회당, 중남해, 모저둥(毛泽东) 기념당에 소장되었다. 1980년대 초에는 『홍루몽』 『삼국지』 『수호전』 『서유기』 등 4대 명작을 8년에 걸쳐 작은 해서체로 베껴 썼는데 글자 수가 360여만 자에 달한다. 2007년에는 중국 서화 명가전에서 금상을 받았고, 동시에 '조화 중국컵' 명가 서예 작품 초청전에서 금상을 받았다.

『농부가 된 의사 이야기』는 이시형 박사의 2019 문인화 전시회 '농부가 된 의사 이야기'에 맞추어 출간되어 그 의미를 함께하였으며, 중국 최고의 황옥당 화백께서 축하해주셨습니다. _편집자

이시형 박사님 그림 앞에 서면 햇볕 좋은 언덕 위 활짝 핀 산 벚꽃 아래서 빛바랜 시집을 읽으며 바람에 전해오는 산사의 풍경 소리를 듣고 있는 듯합니다. 박사님의 그림은 공간 구성이나 표현 방법 등의 형식적인 경계에 얽매이지 않고 오히려 그 경계 밖에 있는 작품입니다. 먹의 쓰임이나 붓의 힘 등 소소한 것을 논한다는 것은 나무를 보는 것이지 숲을 보고 느끼지 못하는 것과 같습니다.

동심에서 세상을 바라보는, 티끌 한 점 없는 순수함에서 시작되는 붓질이 박사님 그림의 본질이고 그에 덧대어 그리움과 지혜와 교훈, 치유 그리고 미소 짓게 하는 해학이 담겨 있는 것이 그림의 특징입니다. 그리움이 담긴 작품 앞에 서면 잃어버린 것과 소중한 것들에 가슴이 먹먹해집니다. 교훈을 담은 작품 앞에서는 옷맵시를 다듬고 자세를 바르게 하며 나를 성찰하게 하게 합니다. 지친 육신을 끌어안고 다독여주는 어머니 같은 자애로움이 담겨 있는 그림 속에서 쉬어가며 치유를 하게 합니다.

또한 기억과 시간이 얽혀 흘러가는 깊은 산 계곡물처럼 공간감이 깊어 울림이 큽니다. 이 울림을 감상하기 위해서는 눈에 보이는 작은 표현 형식에 집착하지 말고 화폭 너머에 눈과 귀를 주목해야 합니다. 그림은 예술 그 자체가 되어서는 안 됩니다. 그림 속에 철학이 있고 인문학이 있고 사회학이 있습니다. 그림은 시이며 동시에 이를 넘어서는 초월적인 것입니다.

박사님의 작품은 이 시대에 중요한 역할을 하고 있습니다. 일상에 지친 우리들에게 조금은 천천히 쉬어가라며 이야기를 걸어옵니다. 작은 바람에도 꽃향기는 천리를 갑니다. 박사님의 먹 향은 세상 속으로 스며들었습니다. 소박하면서 격 높은 그림의 향기로 나비도 새들도 쉬어가게 합니다. 자연인인 이시형 박사님의 힘입니다.

김양수 (화백)

내 첫 번째 문인화첩은 '여든 소년 산이 되다'의 제하에 열렸습니다. 평생 그림이라고는 그려보지 못한 내가 나이 여든에 문인화를 시작했으니 친구들이 들으면 웃을 일이죠. 하지만 그날 이후 귀향전을 비롯하여, 효천 서원 개원기념, 봄파머스가든, 대웅 아트홀, 코엑스 힐링 아트전, 그룹전 등 꽤나 많은 전시회가 열렸습니다. 문인화는 그림은 물론 글과 글씨 또 여백이 풍부해야 합니다. 어느 하나 옳게 할 재주가 없는 나로서는 이것이야말로 고역이 아닐 수 없었습니다. 고백컨대 내가 해야겠다고 마음먹고 열린 전시회는 없었습니다. 그야말로 외압에 끌려 열린 전시회였습니다. 고맙게도 적잖은 사람들이 찾아주셨습니다. 미안하고 죄송스런 마음이 들었지만 또 한편 고맙기도 하고 신기하단 생각이 들었습니다. 이젠 더 이상 내 주변 친지들을 괴롭히지 말아야지 하고 다짐하지만 팔순 노객의 한 필치가 궁금해서일까 계속 외압이 들어옵니다. 이번 전시회는 하나의 명분이고 실은 국민 건강, 농촌 근대화를 위한 유기농 사업을 위한 초석을 마련하기 위한 것입니다. 모멘텀을 만드는 데 목적이 있습니다. 그래서 전시회 제목도 '농부가 된 의사 이야기'로 정했습니다. 내용보다 전시회 간판이 그럴듯하다고들 합니다.

지금까지 그림의 주제가 산이었다면 이번엔 흙입니다. 흙먼지 덮어쓴 농부가 되었습니다. 그렇게 편할 수가 없습니다. 엄마 품에 안기듯 푸근합니다. 이게 흙이 주는 축복이요 매력인가 봅니다. 낙엽귀근, 잎이 지면 뿌리로 돌아가는 대우주의 순환 원리에 따라 조용히 돌아가렵니다.

언제나 제 그림을 지도해주신 김양수 화백, 갤러리를 선뜻 내어주신 유근모 회장, 유기농 사업을 같이 하겠다는 후원회 여러분들의 아름다운 뜻이 모여 이 전시회가 열리고 책이 출간되었습니다. 감사합니다.

이시형

차례

농부가 된 의사 이야기

희망이 제대로 효과를 내려면
꼭 필요한 것이 한 가지 있습니다.
바로 땀입니다.
땀에 젖지 않은 희망만으로는
절망을 무찌를 수 없습니다.

인생이란
파란 없는 이상향은
아닐세

그래서 부처도 '생로병사'라 했겠지요. 늙고 병들고 죽는
건 다 힘든 일인데 왜 생生을 제일 앞에 두었을까. 수양이
부족해서겠지요. 난 이게 항상 궁금합니다. 이 나이가 되
고 보니 산다는 건 무지개 같은 환상이 아니라 참으로 힘
든 일이구나, 하는 생각을 하게 됩니다. 어느 하나 수월한
게 없습니다. 우리는 이 사실부터 마음에 새겨야겠습니
다. 우리가 매일 부딪히며 살아야 하는 현실은 결코 이상
향이랄 순 없습니다. 그러기에 우리에겐 이상향에의 꿈은
더 절실합니다. 결코 포기할 수 없는 꿈입니다.

人生이란
파란 없는 이상향은 아닐세   이시현

시련은
사람을 키우는
바다이니라

바다가 잠잠할 수가 없지요. 큰 파도, 태풍을 만나야 큰
사공이 됩니다. 바다가 사공을 크게 키우듯 인생 여정도
다르지 않습니다. 거친 들판에 핀 야생화의 끈질긴 생명
력을 보십시오. 태풍에, 폭우에 시달리고 때로는 사람 발
길에 밟히기도 하지만 그럴수록 강해지는 게 야생화의 숙
명입니다. 부잣집 정원에 화려하게 핀 장미와는 본질이
다릅니다. 시련이 사람을 크게, 튼튼하게 합니다. 시련을
겪은 후엔 죽순처럼 한 마디 크게 불쑥 자랍니다.

시련은 사랑을 키우는 바다니라

효천 이시형

땀에
젖어야
희망이 된다

그늘진 곳에 자란 사과는 제맛이 나지 않습니다. 색깔부터 흐리멍덩 맥 빠진 꼴입니다. 한여름 작열하는 태양을 온몸으로 받으며 태풍에 시달린 사과가 제맛을 냅니다. 인간은 편하게 지내려는 본성이 있습니다. 땀 흘리지 않아도 편히 지낼 수 있는 팔자라면 평생을 그렇게 지낼 수도 있습니다. 하지만 그에겐 땀 흘려 이룬 후에 찾아온 벅찬 환희나 승리감을 느껴볼 순 없습니다. 살아 있다는 참맛을 모르는 채 일생을 지낸다는 게 얼마나 슬픈 인생일까요.

땀에 젖어야
희망이 된다

효천 이시형

실패와 실수의 계단을
딩굴어야 하네 젊음일세

이 시형

실패와 실수의 계단을
뒹굴어야 하는 게
젊음일세

자전거를 배우면서 안 넘어지고 배우겠다는 어처구니도 난 본 적이 있습니다. 몇 번을 넘어지며 긁히고 다치는 일 없이 자전거를 배울 순 없습니다. 인생 수업도 마찬가지. 실패와 실수의 계단을 뒹굴어야 인생 수업을 시작할 수 있습니다. 그게 두렵다면 자전거를 배울 순 없습니다. 넘어질까 겁이 나 천천히 가면 자전거는 넘어지게 되어 있습니다. 일정 속도로 탄력이 붙어야 균형이 잡혀 앞으로 나아갈 수 있습니다. 그제야 셔츠를 휘날리며 신나게 달릴 수 있습니다.

아득한 고향길
멀리 버드나무 잘 있었지

고향 가는 길은 언제나 가깝고도 멀기만 합니다. 마음은
바쁜데 갈 길은 아득하고 그래도 산 넘어 제일 먼저 피곤
한 고향길을 반겨주는 건 키 큰 버드나무입니다. 멋대가
리 없이 키만 멀쑥한 버드나무지만 그렇게 반가울 수 없습
니다. 저 산만 넘으면 이제 다 왔구나, 안도의 숨을 내쉬게
됩니다. 오랜 옛 벗 버드나무, 올해도 잘 있었겠지요.

아득한 고향길
멀리 배는 나무 잘 있었지

이시형

외기러기
날개를 접고

어디선가 짝 잃은 외기러기 날아들었습니다. 깊은 산골에 달이 뜨고 이윽고 노송에 가려 저물어가는데도 기러기는 꿈쩍을 않습니다. 천년을 그렇게 있을 양으로 좀처럼 날개를 펴지 않습니다. 짝 잃은 기러기의 아픔을 누가 알까만 길 가는 나그네 걸음을 멈춘 채 조용히 지켜보고 있습니다. 그리움에 젖은 가슴을 누르며.

뒤 기러기
눈개를 접고

이시형 🔲

돌아서면 한마당인데
노승의 비질은
끝이 없다

선방 뒤뜰에 낙엽이 지기 시작했습니다. 노승이 한가로이
뜰을 쓸기 시작합니다. 하지만 돌아보면 다시 한마당인데
도 노승은 쓸기를 멈추지 않습니다. 산다는 것도 그런 게
아닐까요. 도를 향한 선승의 수행도 이와 다르지 않을 터
입니다. 아무리 마음을 정갈히 다듬는다 해도 인간에겐

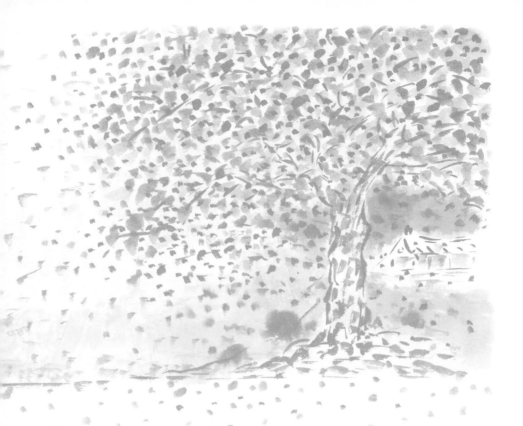

돌아서면 한 마당인데
노승의 빗질은 끝이 없다   이시형

끝없는 욕심이 숙명처럼 따라다닙니다. 그렇다고 정진을
멈출 수 없는 게 수행의 길입니다. 노승의 비질은 엄숙한
인간의 숙명을 가르치고 있습니다.

봄은
저만치서
머뭇거리는데

영하의 추위에 문을 걸어 잠근 사람들. 겨울은 가난한 자
에겐 형벌입니다. 그래서인지 따뜻한 봄을 기다리게 되
는 건 어쩌면 인간의 본성일는지 모릅니다. 움츠린 어깨
를 펴고 따뜻한 양지에 낮잠을 즐기는 고양이처럼, 봄이
여 어서 오라. 하지만 자연은 천지 순리에 따라 움직입니
다. 저만치서 머뭇거리기만 할 뿐 선뜻 우리 앞에 다가오
질 않습니다. 인내심을 가지고 기다려야겠지요.

봄은 저만치서 머뭇거리는데 이시형 🔴

텅 빈 고향 집
엄마가 미워
부엌 바닥에 앉아
엉엉 울었습니다

엄마 어디 있어. 어딜 갔어. 고향 집 뜰엔 풀이 깊어 새들이 둥지를 틀었습니다. 안방도 부엌도 텅 비어 있습니다. 언제나 여기 그렇게 붙박이처럼 앉아 계셔야 할 엄마. 그림자도 찾아볼 수 없습니다. 불러야 대답도 없고 엄마 배고파 하고 응석을 떨어야 아무 반응이 없습니다. 금방이라도 실경 위에 보리밥, 열무김치가 차려질 것 같은데…… 엄마, 엄마가 미웠습니다. 부엌 바닥에 발을 비비며 엉엉 울었습니다. 엄마는 영영 나타나지 않고.

텅빈 고향집 엄마가 미워
부뜨막에 앉아 엉엉울었습니다
　　　　　　　이 시청 🔴

여길 와보게
천만번 부딪혀도
의연한 동해안

나는 겨울 바다를 좋아합니다. 겨울 바다의 맛은 역시 동
해안입니다. 백두대간의 뿌리가 담긴 동해안엔 점점이 흩
어진 바위들이 장관을 이루고 있습니다. 그리고 겨울 거
센 바람과 파도, 폭발하듯 부딪히는 파도 소리는 도심에
찌든 온갖 찌꺼기를 단숨에 날려 보냅니다. 천만년을 저
렇게 부딪혀도 바위는 의연합니다. 어디서 그 힘이 나왔
을까요. 백두대간의 정기가 뻗어서일까, 아니면 내 나약
한 심성에 경종을 울리기 위함일까요. 동해안 겨울 바다
는 내게 많은 이야기를 들려주고 있습니다.

이시형

여길 와보게
천만번 부닥쳐도 의연한 동해안

이젠 봄인데

소나무 앞에 앉으면
사람 한평생이 부끄럽다

소쩍새 울다간 골에 하늘이 멀다

이젠 봄인데/
소나무 앞에 앉으면
사람 한평생이 부끄럽다/
소쩍새 울다간
골에 하늘이 멀다

산은 말이 없습니다. 수천 년을 가도 푸른 그대로 변함이 없습니다. 태풍이 불어도, 폭우가, 눈설이 몰아쳐도 의연합니다. 봄이 오고 새가 울어도 산은 흔들리지 않습니다. 바위는 흔들리지 않고 솔은 언제나 푸르청청합니다. 산 앞에 서면 경건한 마음에 절로 고개를 숙이게 됩니다. 산행은 명상입니다.

그래도 난 무섭지 않아요

저 넘어 봄까지

민산엔
진달래도 피었다는데

그래도
난 무섭지 않아요 /
저 넘어 봄가든 /
먼 산엔
진달래도 졌다는데

사랑 앞에 무엇이 두려우랴. 너와 함께인데. 사랑은 모든 것을 버리게도 합니다. 그러기에 사랑으로 모든 걸 얻을 수도 있습니다. 못하는 일이 없습니다. 사랑하는 이를 위해서라면 온종일 농장에서 땀 흘려 일해도 피곤하지 않습니다. 세속의 명예나 출세, 성공을 다 벗어던지고 사랑 앞에 노예가 될 수 있는 힘. 그게 사랑의 본질입니다. 그렇게 순수한 사람이 우리 주변에 있다는 건 그것만으로 축복입니다. 진달래 한아름 꺾어 바치오리다.

먼 산에 부엉이
뜰아래 귀뚜리
달리 무슨 음악이랴

요즘은 산에 홀로 자연스레 사는 자연인의 이야기가 TV에 자주 등장합니다. 어떻게 저렇게 살 수 있을까. 가벼운 두려움과 함께 설렘도 있습니다. 살기가 너무 힘들고 복잡하면 나도 저렇게 모든 걸 훌훌 떨치고 자연을 벗 삼아 살아봤으면 하는 생각이 듭니다. 왜냐고요? 자연으로의 회귀. 이게 인간의 본향이요 본성이기 때문입니다. 몸이 아픈 사람 중 산을 찾는 이가 적지 않습니다. 나물 먹고 물 마시고, 그 무서운 암이 완치가 되었다는 기적 같은 이야기도 많습니다. 인간은 자연을 떠나면서 불행해지고 건강에 문제가 생겼습니다.

먼산에 부엉이 들아래 귀뚤이
울어 우는 음악 이야

이시형

너는 떠났어도
종다리 뜨고
꽃은 피고

어찌 어느 한순간 너를 잊으랴. 네가 떠난 후 세상이 적막
했습니다. 하늘은 텅 빈 채 떠 있고 어째 대지도 메말라버
렸습니다. 아쉽고 그리움이 얼마나 절절했던지요. 오늘
아침 종다리 하늘 높이 우짖으며 비상하고 앞뜰엔 작은
꽃이 피어 반갑게 인사를 합니다. 네가 보낸 선물인가, 자
연의 신비인가. 아니면 자연의 위대한 힘인가요. 오늘 밤
은 달도 뜨겠지, 별들이 빛나겠지요. 싱거운 바람도 나들
이 올 것입니다. 잠들기 힘든 밤이겠지만 일찌감치 저녁
을 마치고 밤 나들이 나가야겠습니다.

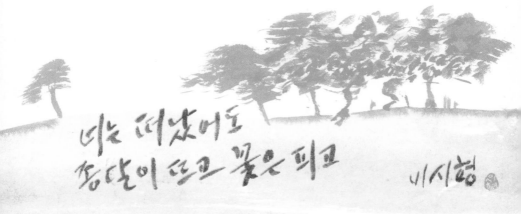

너는 떠났어도
송달이 뜨고 꽃은 피고

비시형

모든 걸
떨치고
가난할 줄 모르는

겨울 산은 민둥산입니다. 여름의 짙은 녹음, 가을의 화려한 단풍, 모든 걸 떨치고 겨울나무는 알몸으로 섭니다. 전혀 부끄럼을 타거나 아쉬움도 없습니다. 의젓합니다. 가까이 가보면 힘찬 맥박이 뛰고 있습니다. 언 땅 깊이 뿌리를 내려 내년 봄싹이 틀 준비를 하고 있습니다. 대지의 영양분, 수분을 빨아 올려 저 하늘 끝 작은 가지까지 생명의 샘을 보내고 있습니다. 겨울나무는 결코 쉴 줄 모릅니다. 설한풍에도 내년 봄 생명이 약동하는 계절을 준비하고 있습니다.

모든걸 떨치고
가난한줄 모르는

기시형

기차는
그냥 지나치지만
바람이
봄을 싣고 온다

기차도 서지 않는 산골마을, 시골 기차역 문 닫은 지 오래입니다. 요즘은 어쩌다 한두 번 오는 기차가 기적도 울리지 않습니다. 학교도 떠나고 사람도 떠나고 얼마 가지 않아 마을도 닫게 될 것입니다. 다들 떠납니다. 그러나 참으로 신기하게도 바람이 봄을 싣고 옵니다. 양지엔 개나리, 진달래가 피고 산골 여울가엔 산수유가 피어납니다. 고맙게도 계절은, 자연은 떠나지 않습니다. 이제 곧 텅 빈 마을 하늘에 종다리도 울겠지요.

거처는 그냥 지나치지만
바람이 봄을 신고 온다

이지현

구름 가득찬
세월 탓하지 말게
저 높이 하늘은
푸르기만 하다

먹구름 덮인 저 구름 위에는 푸른 하늘이 열려 있고 따뜻한 태양이 빛나고 있습니다. 저 두껍고 어두운 구름장을 뚫고 푸른 하늘, 빛나는 태양을 꿰뚫어볼 수 있는 예지와 지혜를 길러야 합니다. 어둡고 험한 세월 탓해 무엇 하리. 그것도 잠시, 참고 견디노라면 좋은 세월이 찾아옵니다. 우리는 지난날에도 이런 경험을 얼마나 많이 했던가요. 밝은 내일을 볼 수 있는 눈이 있어야 합니다. 그러나 잊지 마세요. 밝은 날도 잠시라는 사실을. 어둠도 잠시 밝음도 잠시. 밤이 길어도 새벽이 오듯 태양이 작열해도 아늑한 저녁은 찾아옵니다.

이시완

거룩한 세월 탓하지 말게
저 눈과 하늘은 푸르게 한다

세월도
머물다 가는
마을

모두들 떠나는 산골마을에도 정이 들면 바깥세상을 잊게 됩니다. 참으로 넉넉하고 여유롭습니다. 천상천하 유아독존의 경지에 빠질 수도 있습니다. 그리고 반가운 손님이 심심찮게 찾아옵니다. 알밤을 문 다람쥐가 나무에서 바쁘고 산토끼 깡충거리며 마당을 휘젓습니다. 밤이면 소쩍새 울고 멧돼지가 숲을 서걱대는 소리에 밤잠을 설치게 합니다. 누가 떠나는가? 누구도 떠나지 않았습니다. 모두들 한식구입니다. 이렇게 자연 속에 묻혀 자연과 사노라면 세월마저 여기선 머물다 갑니다. 어린애 가슴처럼 세월 가는 줄 모릅니다. 부러운 것이 없습니다.

이시형

세월도 머물다 가는 마을

네가 떠난
밤에도
아, 새벽은
오는가

뒤돌아 한번 보지도 않고 떠나는 너의 뒷모습이 지금도 그
대로 눈에 선합니다. 세상이 캄캄했습니다. 영영 이대로
밤이 될 것 같았습니다. 촛불을 끄고 누웠지만 잠이 올 리
가 없지. 엎치락뒤치락. 귀뚜리도 밤새 울었습니다. 밖에
소슬바람이 일기 시작합니다. 새벽이 오려나 봅니다. 신기
합니다. 이런 밤에도 여명이 밝고 새벽이 온다는 게. 차라
리 이대로 밤이었으면. 새벽 정신이 드니 설움 같은 아픔
이 새벽안개처럼 물밀듯 밀려옵니다. 아, 그리운 이여.

효정　비시행

내가 떠난 밤에도
아. 새벽은 오는가

그 오솔길
내겐 언제나
아련한
꿈길이었습니다

누구에게나 잊지 못할 길이 있습니다. 아픈 기억이 묻혀
있을 수도 있습니다. 하지만 세월은 참 고마운 것이어서
아무리 아픈 기억도 달콤한 추억으로 만들어주곤 하죠.
세월이 약이란 말이 참으로 실감이 납니다. 혼자 조용히
낙엽을, 아니 추억을 밟으며 걷는 길은 언제나 내겐 가벼
운 설렘을 주는 그리운 길입니다. 내게 이런 길이 이 세상
어디엔가 있다는 것만으로 큰 축복이요, 행운입니다.

그 오솔길 내겐 언제나
아련한 꿈길의 왔습니다
이 시형

너의 젊음이
마른 산 헤집고 다니는
빈 바람일 순
없지 않느냐

청춘을 청춘에게 주기엔 너무 아깝다. 누가 이런 멋진 말을 했을까요. 생각할수록 곱씹을 만한 명언입니다. 청춘이 얼마나 아름답고 귀한 시간이란 걸 알려면 제법 연륜이 쌓인 후에라야 합니다. 여기저기 부딪히며 방황만 하기엔 청춘은 너무나 아까운 시간입니다. 딱하게도 청춘은 길지 않습니다. 깜빡하는 사이 흘러가버리는 게 청춘입니다. 그리곤 다시는 되돌릴 수 없는 게 청춘이라는 숙명의 시간입니다. 빈 바람일 순 없습니다. 불행히 내겐 청춘이 없었습니다.

너의 젊음이 마른산 헤집고 다니는
빈 바람열존 없지 않으냐

孝泉 이서영

새벽이
오려는가
뻐꾸기 울음을
그쳤다

그리움에 젖어 밤을 지새우노라면 뻐꾸기가 벗이 되어줍
니다. 이것이 산골에 사는 축복입니다. 목이 쉬도록 밤새
우는 뻐꾸기도 지쳤는지 온 산이 적막 속으로 빠져들었습
니다. 곧 새벽이 올 모양입니다. 뻐꾸기도 어디론가 날아
가버렸습니다. 그런데도 내 가슴에 쌓인 그리움은 가시지
를 않습니다. 새벽은 오는데, 새벽은 오는데…….

새벽이 오려는가
뻐꾸기 울음을 그쳤다

이시형

너의 큰 눈에
어린 석양빛이
너무 곱구나

세상은 네가 있어 모든 게 의미가 있습니다. 세상은 너로
인해 아름답고 황홀합니다. 저녁노을이 황홀하고 아름답
지만 어찌 너의 큰 눈에 어린 노을만 하겠습니까. 한낮의
이글거리는 태양이 서산에 기울어 네 눈에 비칠 때 포근하
고 아름다운 저녁이 찾아옵니다. 네 눈을 통해 보는 세상
이 그리 아름답고 평화로운 건 네 마음의 투영입니다. 눈
이 마음의 창이란 건 이 순간 너의 커다란 눈망울입니다.

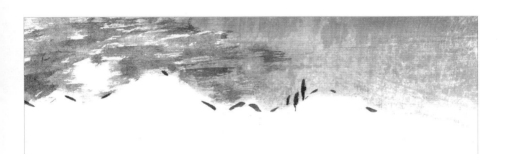

너의 큰 눈에 어린
석양빛이 너무 곱구나

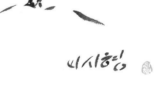

니시형님

별이 어찌 그리
아름다울까
너의 그 이슬 젖은
눈동자

이윽고 노을이 지면 하늘엔 아름다운 별들이 하나둘 제 모습을 드러냅니다. 낮엔 수줍어 숨었다가 하늘에 어둠이 깔리면 그제야 빛을 발하는 아름다운 별들. 너는 취하면 눈에 이슬을 맺곤 했지요. 까닭 없이 훌쩍대기도 하는 네가 난 무척 좋았습니다. 그리고 그 맑은 호수에 비친 작은 별들이 어쩌면 그리 아름답고 귀할까요. 너의 큰 눈에 어린 별들은 진주보다 영롱하고 아름답습니다. 행여 싱거운 바람이 구름을 몰고 올까요. 아름다움이 영원할 수 없겠지만 그래도 이 순간만은!

별이 어쩌 그리 아름다울까
너의 그 이슬젖은 눈동자

내시형

구름도
종종걸음인데
엄마 거긴 괜찮지

세상인심을 닮아서일까, 요즘 날씨가 왜 이리 변덕스러운
지 철 늦게 찾아온 태풍이 하늘을 휘젓고 있습니다. 시커
먼 구름장이 쫓겨 달아나는 걸 보고 있노라면 음산한 기
분에 젖곤 합니다. 꼭 요즘 신문기사 같습니다. 엄마, 요
즈음 대내외 사정이 녹록지 않습니다. 모두들 하늘에 구
름처럼 근심어린 얼굴들입니다. 하지만 이도 잠시, 오래

구름도 둥둥걸음인데
엄마 거긴 괜찮을지

이시형

가진 않겠지요. 엄마, 거긴 평온하지요. 태풍도 없고 난리
도 없고. 천성이 걱정덩어리이신 엄마여서 행여나 하고
여쭤본 겁니다.

벼새 단풍 그 호반길
파도만 외롭히 밀려온다

이시현

억새 단풍
그 호반길 파도만
외로이 밀려온다

가을이 오면 불현듯 생각나는 그 길. 호수도 단풍에 물든 그 호반길. 이제 거기엔 네 그림자도 찾아볼 수 없고 바람결에 잔잔한 파도만 밀려오고 가고. 잠시 쉬지 않고 밀려오가는 저 조용한 파도가 무얼 속삭이는지 나더러 어쩌라는 건지. 난 하늘만 쳐다보고 걸었습니다. 오솔길 낙엽을 밟으며 끝없는 환상에 젖어 있습니다. 하늘, 땅 그리고 물이 어우러진 우리만의 그 오솔길 너도 잊진 않았겠지요. 행여나 하는 미련은 아닙니다. 그저 끝없이 걷고 싶었습니다.

하늘에
아름다운 별이 뜨면
가슴엔
설운 별이 뜬다

이 무슨 아이러니일까. 하늘 가득 빛나는 저 아름다운 별들이 어쩌면 내 가슴에 설운 파문을 던지고 있을까요. 유행가 가사처럼 너 때문이라고 외치진 않겠습니다. 원망도 않겠습니다. 이 설움은 별처럼 아름다운 설움입니다. 넌 아름다움의 화신입니다. 그 아름다운 심성에서 어찌 설움이 움터 나올 수 있을까요. 이건 그저 내가 만든 사치스런 감정인지도 모르겠습니다. 이 설움마저 사라지면 너에 대한 그리움마저 사라지지 않을까 두렵습니다. 내겐 아름다운 설움입니다.

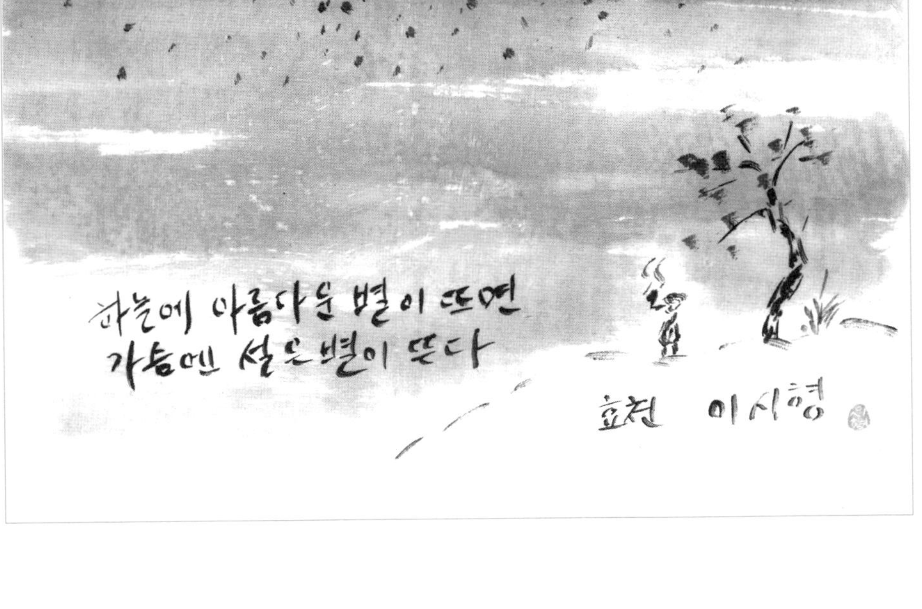

하늘에 아름다운 별이 뜨면
가슴엔 설은 별이 뜬다

효천 이시영

조용히 비추게
산토끼
단잠 깰라

산은 낮 동안도 그러하지만 밤에는 완전히 적막의 장막이
덮힙니다. 밤에 나다니는 야행성 짐승 몇을 제외하면 모
든 산짐승도 깊은 단잠에 빠집니다. 제멋대로 나다니는
산짐승도 저마다 집이 따로 있습니다. 무서운 사냥꾼의
습격, 사람보다 힘센 짐승까지. 아슬아슬한 죽음의 문턱
을 피해 넘어야 합니다. 하지만 밤이면 제 울에서 평안한
밤을 맞이합니다. 한데 달이 밝으면 산짐승들은 본능적으
로 몸을 움츠립니다. 사냥꾼에게 발각될 위험도 있고 달
이 밝으면 산짐승 단잠을 깨우기도 하기 때문입니다. 달
밝은 밤 선마을 앞뜰에 놀란 토끼가 내려왔습니다.

이시형

조용히 비추게
산들께 단장개라

칭기즈 칸의
혼은 살아 있다

가도 가도 끝이 없습니다. 끝없는 사막뿐입니다. 주위 경
치에 변화가 없으니 차가 그냥 그 자리에 서 있는 것 같습
니다. 한숨 자고 일어나봐도 그 자리 그대로입니다. 이 넓
은 땅을 두고 칭기즈 칸은 무슨 생각을 했을까요. 세계 구

징기스칸의 혼은 살아있다

석구석 어딜 가도 칭기즈 칸의 발자취가 남아 있습니다.
조랑말에 포대자루 둘러메고 온 세계를 짓밟아 온 것입니
다. 어디서 그런 힘이 나왔을까요. 생각할수록 신기합니
다. 그런 칭기즈 칸을 조상으로 가졌다는 게 몽골인에겐
대단한 긍지요 자랑입니다. 가히 신화적인 존재입니다.
공항 이름부터 칭기즈 칸입니다. 어쩌다 만나는 낙타들의
행렬에 칭기즈 칸의 혼이 아직 살아 있습니다.

보름달도
수줍은가

구름에 숨은 달이 좀처럼 얼굴을 내밀지 않습니다. 연인들의 가슴을 태우고 있습니다. 초승달이야 또 몰라도 보름달이면 성숙한 여인의 모습이 아니던가요. 달이 밝아야 연인들은 사랑을 고백하고 할머니는 풍년을 빌 텐데. 달은 우리에게 언제나 따뜻한 엄마의 품 같습니다. 누구도 달을 쳐다보면서 원수를 갚겠다고 이빨을 가는 사람은 없습니다. 달은 우리에게 한없이 부드러운 정서를 안겨줍니다. 그런 달이 왜 구름에 가렸을까요. 네 마음이 구름에 가린 건 아닐까요. 마음을 정히 하고 다시 쳐다보세요.

보름달도 수줍은가　　　無慮盧

이시형

사랑이
아프다니
설마했습니다

사랑을 하면 달콤하지요. 온 세상이 장밋빛이 됩니다. 영영 이대로 사랑은 변치 않습니다. 사랑이 식다니 어찌 그럴 수 있을까요. 이렇게 뜨거운데. 그런데도 왜 사람들은 영원한 사랑은 없다느니 하고들 재수 없는 이야기를 늘어놓을까요. 사랑은 괴롭고 아프다는 소리까지. 그런 소리는 귓전으로 듣고 흘려보냈습니다. 어찌 그럴 수가. 말도 안 되는 헛소리같이 들렸습니다. 헌데 이게 무슨 날벼락인가요. 사랑이 이렇게 아플 줄은 꿈에도 생각해보지 않았습니다. 아파할 자신이 없으면 사랑을 말라는 이야기가 진실인가요.

사랑이 아프다니
설마 했습니다

이 시형

지옥의 안개가 덮쳐도
젊음 앞에 좌절은 없다

이시형

지옥의 안개가
덮쳐도
젊음 앞에
좌절은 없다

그렇습니다. 온갖 풍파를 다 겪어야 하는 게 젊음의 숙명
입니다. 젊은 날 자살을 생각해보지 않는 사람은 인생을
겉 살았다고들 합니다. 온갖 실패와 아픔을 겪어야 하는
게 젊은 날의 피할 수 없는 힘든 숙명입니다. 하지만 지옥
의 안개가 자욱한 세상을 헤쳐간다 해도 젊음 앞에 결코
좌절은 있을 수 없습니다. 누구나 겪어야 하는 과정이요
길이기 때문입니다. 그래야 비로소 젊음이 알차게 익어갈
수 있습니다. 길가에 핀 잡초처럼 강인한 체질이 될 수 있
습니다. 요즈음 젊은이는 물러 터졌다는 소리만은 듣지
말아야 합니다.

온 동네 이야기
다 알고 있는 놈
믿지 마라

그런 사람이 있습니다. 모르는 게 없습니다. 온 동네 사정을 훤히 꿰뚫고 있는 사람이 있습니다. 어젯밤 누구 집 부부 싸움한 이야기까지 다 알고 있는 사람이 있습니다. 아는 게 많으니까 하고 싶은 이야기도 많습니다. 말이 많아질 수밖에 없습니다. 부지런합니다. 온 동네 자기 아는 이야기 다 하고 다니려니까 부지런히 돌아다녀야 합니다.

온동네 이야기
다 약고 있는놈 만지마라

효천

야? 그래? 듣는 사람들은 놀랍니다. 어떻게 그런 일이,
어떻게 그럴 수가 있느냐며 화가 치밀기도 합니다. 이게
때론 엄청난 분란을 일으키기도 합니다. 세상 다 아는 척
하려니 과장도 있고 그럴듯하게 거짓말도 들어가게 됩니
다. 이런 사람 믿어야 할까요. 이상하게도 그 이야기에 귀
기울이는 사람도 없지 않습니다. 아니 많습니다.

안개꽃 너머
안개처럼
사라진 너를

신비스런 새벽안개에 쌓인 산을 나는 좋아합니다. 보이지 않는 저 안개 속에 뭔가 신비스러움이 있을 것 같은 가벼운 설렘마저 일게 됩니다. 안개 속을 조심스럽게 헤집고 가노라면 나는 마치 천인 미답의 꿈나라를 거닐고 있는 흥분에 쌓이곤 합니다. 호기심도 있고 가벼운 두려움도 있는 게 새벽안개의 매력이죠. 안개 속에 마치 내 오랜 꿈이 이루어질 것 같은 설렘이 있어 더욱 좋습니다. 오늘 아침 사무실에 누군가 안개꽃을 얌전히 꽂아 놓았습니다. 누굴까? 꽃 중에 안개스러운 건 이름 그대로 안개꽃이라.

안개꽃 너머
안개처럼 사라진 너를

이시형

기다리는 사람이, 그리운 사람이 안개꽃 사이로 얼굴을
내밀 것도 같습니다. 하지만 그런 행운은 찾아오지 않고
어느 날 안개처럼 사라진 네 모습이 저 너머 안개꽃 속에
아른거립니다. 그래나마 너를 만날 수 있다는 게 안개꽃
의 신비로운 선물인가 봅니다.

까짓 세월,
갈 테면 가라지
난 나대로 간다

세월 탓을 할 때가 있습니다. 요즈음은 그게 더 자주 있습
니다. 나이 탓이려니 생각하지만 어쩐지 내 게으름의 변
도 같고 해서, 그런 생각이 들 적마다 씁쓰레한 입맛을 다

까짓 세월 갈 테면 가라지
난 나대로 간다

이시형

시게 됩니다. 가는 세월 누가 잡을 수 있어, 갈 테면 가라 지. 퉁명스럽긴 하지만 난 이 말을 가끔 내뱉을 때가 있습 니다. 매달려 애원한다고 가는 세월 멎지 않습니다. 가는 세월 어쩌랴. 난 나대로 간다. 세월에 한 대 먹인 기분도 같고 얄미운 세월에 복수라도 한 것 같습니다. 내 페이스 대로 갈 수밖에 달리 길이 없는 걸 어쩌랴. 가는 세월 탓 하고 앉아 있기엔 가는 세월이 너무 빠릅니다. 밤늦게 잠 자리에 들면 바깥에 세월 가는 소리가 들립니다. 그러거 나 말거나 오늘 밤 푸근히 한숨 자고 볼 일입니다.

우수 달밤인가
귀뚜리 노래가
서럽다

누가 쓴 표현인가. 우수 달밤 우리 조상은 자연의 오묘한
변화를 참으로 멋지게 그려냅니다. 구름 속에 달은 어쩐
지 우수에 젖은 얼굴입니다. 달밤이면서 달그림자도 없는
달밤입니다. 낮도 아니면서 밤도 아니면서, 밝지도 않으
면서 어둡지도 않은 꼭 내 마음 같기도 합니다. 금방 눈물
이라도 쏟아질 것 같은 밤입니다. 그러나 다음 순간 구름
사이로 살짝 비치는 달은 한없이 포근한 정서를 안겨줍니
다. 꼭 한국인의 정서가 담긴 얼굴입니다. 결코 나서지도
않고 뽐내지도 않는 은은한 심성 그대룹니다. 그래서 우
리는 우수 달밤에 더 정감을 갖는지 모르겠습니다. 귀뚜
리 노래도 서러운 우수 달밤. 잠들기 아까운 밤입니다.

우수 단밤인가
귀뚜리 노래가 설없다

이시형

이시형

행복이란 곧 깨어질 것도 같은
불안과 함께 아련히 밀려오는 것

행복이란
곧 깨어질 것도 같은
불안과 함께
아련히 밀려오는 것

행복은 살얼음판을 걷는 기분입니다. 곧 깨어지지나 않을
까 가벼운 불안과 함께 아련히 밀려오는 게 행복의 속성
입니다. 그만큼 귀한 감정이기 때문입니다. 행복이란 그리
강렬하거나 벅찬 감정이 아닙니다. 따라서 행복을 느끼려
면 마음이 편안하고 차분해야 합니다. 무척 조심스런 자세
로 맞아야 합니다. 살얼음판을 쾅쾅 구르며 뛰었다간 자칫
찬물 속으로 빠져들 수도 있습니다. 살얼음판 걷듯 깨어지
지 않게 조심스레 걸어야 합니다. 불행히도 행복은 오래가
지도 않거니와 잘 깨어지기도 합니다. 너무 잔잔해서 내가
행복한지도 모르고 지날 때도 있습니다. 그러다 깨어진 후
문득 돌이켜 생각하노라면 아, 그때가 행복했었구나. 뒤늦
은 후회를 하게 됩니다. 이게 행복의 속성입니다.

마음이 흔들릴 때면
억새와 솔이
우거진 숲을 찾게나

아무리 의지가 강한 사람이라도 마음이 흔들릴 때가 있습니다. 그건 길이 아니다 싶은 유혹 앞에 마음이 약해질 때가 있습니다. 아니 어떻게 그럴 수가 있어? 흉보지 마세요, 그게 인간의 속성입니다. 약한 구석이 있는 것도 인간이기 때문입니다. 지나친 자학도 자책도 하지 마세요. 그럴 땐 숲을 찾아가세요. 바람에 흔들리는 가냘픈 억새를 보세요. 곧 부서질 듯 흔들리다가도 짓궂은 바람이 자면 꼿꼿이 머리를 듭니다. 선비의 붓끝처럼 굽힘이 없습니다. 그리고 그 너머 솔의 기개를 보세요. 눈보라 한파에도 솔은 변함이 없습니다. 몇 천 년이 흘러도 푸르창창합니다. 옆에 다른 나무들이 화려한 꽃을 피우고 다 떨치고 녹음, 단풍 그리고 나목으로 되어도 솔은 그런 변화를 짐짓 외면한 채 언제나 푸릅니다. 자연은 우리에게 위대한 스승입니다.

마음이 흔들릴 제면
억새와 솔이 묶어진 골을 찾게나

이시형

저물어가는 세상에
선비의 붓끝은
날카롭게 살아 있다

지난 주말 논산에 있는 명재 윤증 선생의 고택을 찾았습니다. 마당에는 선비의 기상 백일홍이 조용히 피어 있고 300년도 넘은 고택은 소박하지만 단아한 선비의 기품이 지금도 살아 있습니다. 선생은 이조판서, 우의정 자리도 굳이 고사하고 시골에 묻혀 학문에만 정진하였습니다. 후학들이 초라한 초가에 거처하시는 게 보기 딱해 지금의 고택을 지었습니다. 선생은 내가 살기엔 너무 사치스럽다고 끝내 사양, 살던 초가에서 생을 마쳤습니다. 해서 그 집은 옛고 '古宅'이 아니라 연고 있는 집이라 해서 '故宅'으로 되어 있습니다. 벼슬자리라면 명예고 뭐고 다 집어 던지고 한자리 차지, 뒷구멍으로 온갖 추악한 짓을 하고 다니는 교수를 비롯한 무리들을 지켜보면서 명재 선생의 맑은 혼을 다시 한 번 되새깁니다. 선비 붓끝이 무뎌진 게 아닌가. 신문에도 좀처럼 정론을 찾아보기 힘듭니다.

저물어가는 세상에
신비의 붓끝을 날카롭게 살아있다   이시형

전 우주의
기운을 담아

언젠가 고 권옥연 화백과 함께 일본 심수관 요를 방문했을 때입니다. 전시장을 둘러보다 말고 작은 자기 그릇 앞에 멈춰 섭니다. "그 속에 우주가 담겨 있다."고 감탄을 하시더니 즉석에서 그런 뜻을 담은 글을 남겼습니다. 권 화백은 가셨지만 선생의 혼이 담긴 명작은 여기저기 많이 남아 있습니다. 심수관 선생의 건강이 안 좋다는 소식을 듣고 생전에 뵙고자 다시 찾았습니다. 불편한 몸을 이끌고 나와 일일이 사진도 찍고 사인을 해주셨습니다. '本是同根 不忘古山' 본래 같은 뿌리인데 옛 산을 잊지 못한다는 글귀를 써주셨습니다. 정유재란 때 한 무리의 도공들과 함께 잡혀 온 선조의 한이 14대를 이어 참으로 아름답게 피어나고 있는 뜨거운 현장입니다.

진. 우주의 기운을 담아

이시형

수줍은 그 길을
서성이다
얼굴이 홍엽으로
타오릅니다

숲속의 그 집. 생각만으로 가슴이 설렙니다. 숲속으로 겨
우 열린 그 오솔길. 내겐 언제나 설렘과 두려움의 길이었
습니다. 무언가를 훔치러 가는 그런 기분입니다. 들키면
어쩌지 하는 두려움과 함께 그래도 먼발치서나마 너를 볼
수 있었으면 하는 설렘이 뒤범벅이 된 그 길입니다. 벌써
얼굴은 단풍처럼 발갛게 달아오르고 가슴은 주체할 수 없
이 뛰기 시작합니다. 곧 나타날 것도 같고 영 안 나타날
것도 같고. 그냥 갈까 그래도 발길이 떨어지지 않습니다.

그걸음 서성이다
홍엽으로 타오릅니다

효헌 이시형

달이 필요 없었던 우리 사이
이젠 져주는 해도 못 닿는 너에게

이시현

말이 필요 없던
우리 사이,
이젠 절규를 해도
못 닿는 너에게

넌 언제나 조용한 아이였습니다. 난 과묵한 편이고. 그러
나 우리는 아무런 불편이 없었습니다. 무슨 말이 달리 필
요했었던가요. 넌 눈빛으로, 난 온몸으로 깊고 진한 대화
가 오가지 않았던가요. 그런 우리 사이가 어쩌다 이렇게
멀리, 이젠 절규를 해도 들리지 않게 되었을까요. 그래도
마음은 이어져야 할 텐데. 오늘은 파도가 높습니다.

산딸기 익어가는
계절이 오면
먼 먼 산울림에
그리움이 묻어 있고

저 산모퉁이엔 산딸기가 한창 익어가고 있습니다. 작은
바구니를 들고 이제라도 곧 털렁털렁 나타날 것 같은데
빈 바람만 지나칠 뿐 네 그림자도 보이지 않고, 계절을 잊
었나요? 잘 있었나? 건강하지? 돌아오는 건 빈 산울림뿐.
그리움은 강물처럼 골짝을 타고 흘러갑니다. 하늘이 이렇
게 고울 수가 없는데 산딸기는 혼자 익어가고 있습니다.

山딸기 익어가는 계절이 오면
먼먼 산울림에 그리움이 묻어있고
이시형 [印]

아직도 비가 더
올 모양인가
귀신 같은 먹구름이
처마에 걸려 있다

난 폭풍과 함께 날아오는 검은 구름장의 힘찬 하늘을 좋
아합니다. 온 세상을 집어삼킬 듯 무서운 속도로 흘러가
는 구름, 난 거기서 우주의 힘을 확인합니다. 시커먼 먹구
름 속에 휘말려 온 세상이 덮이는 환상마저 갖습니다. 헌
데 이 지루한 장마는 정말 지겹습니다. 오늘이 벌써 며칠
쨴가. 온몸이 비에 젖어 철벅거리는 것 같습니다. 그 힘찬
우주의 기운이 이젠 천덕꾸러기가 된 것 같습니다. 산사
태, 못이 터졌습니다. 홍수 경보, 큰 강이 넘쳤습니다. 라
디오에선 연일 음산한 이야기들이 재난 방송이란 이름으
로 귓전을 위협하고 있습니다. 무엇이든 적절해야 한다는
건 하늘도 거역할 수 없는 만고의 진리거늘.

아직도 비ㅈ더 옹그 앙인가
커신같은 머구름이 처마에 걸려있나

이시헌

멀건히 바라본 그 언덕엔
빗바람만 넘추고 있었습니다

화천 이시형

멀거니 바라본
그 언덕길엔
빈 바람만
뒹굴고 있었습니다

네가 있을 리 없지. 그래도 습관처럼 그 언덕길을 바라보
게 됩니다. 한참이 되었는데도 지금도 멀거니 그 언덕을
바라보고 서 있는 나를 발견하곤 혼자 쓸쓰레 웃곤 합니
다. 네가 저 고개 너머 사라지던 밤에도 몹시 바람이 불었
었지. 스카프에 긴 머리, 온통 네 얼굴을 가려 한 번 더라
는 내 아쉬움마저 쓸어가고 너는 저 바람 속에 흔들림 없
이 조용히 고개를 넘어갔습니다. 야속하단 말은 하지 않
겠습니다. 그립다는 말도 하지 않겠습니다. 몇 번을 다짐
하지만 내게 그 언덕은 살아 있는 전설입니다. 오늘도 빈
바람만 부는 그 텅 빈 언덕이.

가난한 연인에겐
겨울이 좋아

겨울은 사람을 가까이 하는 속성이 있습니다. 그게 겨울이 주는 계절의 축복입니다. 분위기 있는 따뜻한 찻집에 선뜻 들어서기가 안 되는 가난한 연인들에게 겨울은 참으로 고마운 계절입니다. 코트 깃을 세우고 서로의 주머니에 손을 넣고 거친 호흡을 함께 할 수 있는 겨울 찬바람이 그렇게 고마울 수 없습니다. 마냥 이대로 걷고 싶습니다. 추운 줄도 시장한 줄도 모른 채 둘은 따뜻하고 행복합니다.

가난한 연인에겐
겨울이 좋아

이 시현

가을이 익어가는
산모롱이에 서니
들에도 산에도
가을이 익어가고 있습니다

하늘에도 가을 구름이 가지런히 저 하늘 끝으로 줄지어
서 있습니다. 뜨거운 기운을 다 떨치고 바람도 산들거리
는 가을날 오후 세상이 오늘만 같았으면, 온 우주의 축복
이 온몸에 젖어듭니다. 산모롱이 들어서면 억새가 먼저
반깁니다. 계절에 취한 선비의 양식을 찌르듯 그 기세가
심상치 않습니다. 이 화려한 가을 성전에 아픈 칼이 되어
찌르고 있습니다. 너무 들뜨지 않겠습니다. 아! 하지만
올가을은 풍요롭고 화려함에 넋을 잃게 만드는 걸요.

가을이 익어가는
산모퉁이에 서니   이시형

추억은
아름답다
그리고 아프다

뇌에는 여러 가지 기억들이 담겨 있습니다. 싫은 것 아픈 기억도 물론 있습니다. 그러나 인간의 본성은 착한 것이어서 아픈 기억도 세월이 지나면 무뎌지고 심지어 아름다운 기억으로 승화되기도 합니다. 우리는 이를 기억의 재편성이라고 합니다. 세월이 약이라는 말은 이에서 비롯합니다. 뇌는 언제나 즐거움을 추구하는 속성이 있기 때문이죠. 아프고 괴로운 기억도 그냥 그대로 두지 않습니다. 그래서일까, 사람들은 추억은 아름답다고들 입을 모읍니다. 어떤 추억이든. 아! 하지만 이건 무슨 사연인가. 세월이 아무리 흘러도 가슴 한구석에 남아 있는 이 아픔은 가시지를 않습니다. 그리운 이여 그리운 이여.

이시형

추억은 아름답다
그리고 아프다

달이 저리 밝아도
무슨 꿍꿍이인지
산은 말이 없다

달이 저리 밝아도
구수푸릉 민지 山은 달이 없다

호친 이시형

달이 밝으면 나만이 아니라 귀뚜리도 잠이 없습니다. 미
련한 멧돼지 서걱대는 소리에 잠시 바람이 멈춥니다. 달
밤엔 다람쥐도 바쁩니다. 여울물 소리도 더 요란스럽습니
다. 부엉이 밤새 울고, 밝은 달이 온 산을 뒤쑤셔놓고 있
습니다. 달이 뭐랬나. 왜들 그리 소란스러운지요.

쉬운 길
따로 있나
그냥 가는 거지

정상을 가는 길엔 쉬운 길이 따로 없습니다. 누구나 쉬 올라갈 수 있는 길이면 정상이 아닙니다. 인생 여정이 산행과 다를 바 없습니다. 모두들 불가능하다고들 말리기도 하지만 그게 정상에의 길입니다. 아무도 못 가본 길이기에 어려울 수도 있고 오히려 쉬울 수도 있습니다. 요즈음 시장원리로 말한다면 블루 오션blue ocean입니다. 쉬운 길엔 사람들이 많습니다. 줄을 섭니다. 사람 사이를 헤집고 오르는 사람도 있습니다. 하지만 그렇게 올라서봤자 정상으로 가는 데는 역부족입니다. 케이오 패를 당할 수도 있습니다. 쉬운 길은 어디에도 없습니다. 쉬운 길 찾느라 인생을 허비할 수 없는 게 삶의 묘미입니다.

쉬운길 따로있나 그냥가는게지   기 시현

나무에 걸친
허브나라
힐링 하우스Healing House

힐링 열풍입니다. 그만큼 살기에 지쳤다는 이야기겠지요.
온갖 힐링이 많습니다. 방법도 갖가지. 하지만 힐링에 필
수적으로 갖춰야 할 오직 한 가지는 자연입니다. 자연 속
에 자연과 함께 호흡하면 힐링이 절로 찾아옵니다. 자연
은 엄청난 자연 치유력이 있습니다. 인간은 자연과 멀어
지면서 불행하고 건강에 문제가 생기기 시작했습니다. 허
브나라는 온통 자연에 파묻혀 있습니다. 뜰에 아름다운
화원하며 모든 집들은 나무 위에 걸쳐 있습니다. 마치 수
상주택 같습니다. 이곳에서 하룻밤 묵고 나면 힐링이 무
슨 의미인가를 체득하게 됩니다.

나무에 걸친
허브나라 HEALING HOUSE
이 시형

누가 뭐랬나
막차 기적이
길다

기차도 서지 않는 마을에 무슨 심산인지 하루 한두 차례 기차가 지나갑니다. 멀리서 봐도 승객이 많이 타고 있는 것 같지도 않은데 왜 그리 요란스러운지 마치 산골의 주인인 양 거들먹거리고 지나갑니다. 누가 뭐래지도 않았는데 기적이 깁니다. 산모롱이 사라진 지 한참이나 되었는데 기적 소리가 조용한 산골을 흔들고 있습니다. 뭐가 잘났다고 괜히 지게 짐이 무겁습니다.

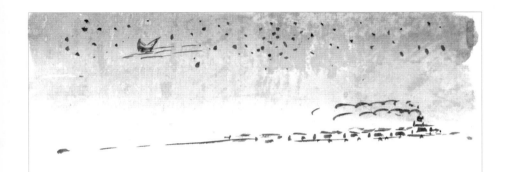

누가 외쳤나
막차 기적에 길다   이시형

정 싫은 길도
웃으며
갔었느니라

자존심 운운하지 마세요. 싫고 좋고 따지지도 마세요. 그
것도 다 여유가 있을 때 하는 소립니다. 길은 외길, 절박
한 처지에 놓인 사람이 가릴 게 뭐가 있나요. 눈 딱 감고
싫은 길도 갈 수밖에 없지 않습니까. 그나마 쫓겨나랴 싫
은 얼굴 지우고 감사의 염으로 넘쳐나게 해야 합니다. 참
으로 힘든 세월이었습니다. 어떻게 그 험한 고비를? 생각
할수록 기적 같습니다. 또 옵니다. 허리끈 단단히 조여매
고 사는 것입니다. 앞을 향해.

정 숨쉬는 길도
웃으며 갔었느니라

이시형

고향 뒷동산
우리가 떠났다고
봄을 잊지 마라

봄은 낯을 가리지 않습니다. 어디에고 찾아옵니다. 화사한 개나리, 진달래가 피는 곳을 가리랴. 어느 산골에도 피어납니다. 아무도 봐줄 이 없는 깊은 산골 큰 바위 뒤에도 진달래는 화사하게 피어 있습니다. 모두가 떠난 텅 빈 고향 뒷산에도 봄은 찾아왔겠지요. 누구도 반겨줄 사람은 없지만 그래도 봄은 잊지 말아 주세요. 그리운 내 고향.

고향 뒷동산
우리가 떠났다고 봄은 잊지마라
이시형 🌀

살면
고향이라지만
그렇던가요?

우리 한국인만큼 고향에 집착하는 사람도 그리 많지 않을
것 같습니다. 요즈음 워낙 교통이 발달해서 마음만 먹으
면 단숨에 달려갈 수 있는 고향인데도 우린 언제나 타향
살이 신세를 한탄하곤 합니다. 설날이나 추석, 그 지옥 같
은 교통 사정에도 긴 행렬이 늘어섭니다. 노래도 고향 노
래가 많습니다. 내 그림에도 고향이 자주 등장합니다. 그
래서일까. 타향살이 설움을 위로하는 내용도 많습니다.
정들면 고향이라지만 그게 그리 만만찮은 소리입니다. 아
무리 오래 살아도 타향은 타향이지 고향이 될 순 없는가
봅니다.

살면 꼬향이라지만
그렇던가요? 이시형

심심산골에도
새해 새 빛이

어제와 오늘이 무엇이 다르랴만 사람들도 새해 아침에 큰
무게를 두고 삽니다. 새해 아침 일출을 보기 위해 모두들
동해안으로 몰려듭니다. 한반도가 동쪽 바다로 미끄러져
들어가는 건 아닌가 하는 생각마저 듭니다. 새해 아침엔
무언가를 결심합니다. 소원을 빌기도 하고 금연 맹세도
합니다. 사람들 가슴마다 새해의 흥분이 넘칩니다. 들에
도 산에도 온 삼천리 강산에 새해의 기운이 감돕니다. 새
해 새 아침 새날의 기운이!

심심산골에도
새해 새빛이

효천 이시형

네가 떠난 그길엔
낙엽만 쌓이는데 당신은 왜

바시형

네가 떠난 그 길엔
낙엽만 쌓이는데
달은 왜

달이 내 마음을 헤아려서일까. 낙엽만 쓸쓸히 뒹구는 그 아픈 고갯길에 달이 나를 마중 나오고 있습니다. 낙엽을 밟으며 낙엽들의 속삭임을 듣습니다. 바람이 불면 어디론가 헤어질 운명이지만 모여 있는 동안 정다운 대화가 무르익고 다음 순간을 모른 채 평화롭습니다. 만나면 헤어지는 게 만물의 숙명입니다. 어느 하나 오래 머무르는 것이 없습니다. 우리는 만나는 순간 어쩌면 헤어짐을 준비하지 않으면 안 됩니다. 너도 낙엽도 그리고 달도. 우린 언젠가는 헤어져야 합니다. 세상 만물이!

봄에 나보고 종일 팔자라고
하더니 참용하시네

노승이
나보고
중 될 팔자라고 하더니
참 용하시네

교수랍시고 딴은 제법 으스대던 시절이었습니다. 동료 교
수와 함께 국립대 교수 테니스 시합을 위해 허름한 여관
에 묵고 있었습니다. 노승이 목탁을 두드리며 나타났습니
다. 나를 보더니 대뜸 "당신은 중 될 팔자인데 왜 여기 이
렇게 앉아 있소?" "네?" 동료들은 놀랐지만 난 참으로 담
담했습니다. 언젠가 나는 수도원이나 절로 가야 할 운명
같은 걸 자주 느끼곤 했기 때문입니다. 내가 산골 깊이 힐
리언스 선마을을 연 것도 자연의학에 관심이 많았던 것도
결코 우연이 아닙니다. 난 요즈음 이 생각을 자주하곤 합
니다. 좋은 건지 나쁜 건지.

사계
봄 여름 가을 겨울

봄

우리가 누리고 사는 것들 중에 당연해야 할 것은
아무것도 없습니다.
사방을 둘러보면 어느 것 하나
감사하지 않은 것이 없습니다.

봄이면
만물이 열리는데
저 싸리문은

봄이 되면 겨우내 죽은 듯이 잠 속에 빠져 있던 만물이 약
동합니다. 이름 모를 풀꽃들도 다투어 피어나고, 냇가에
는 다시 개구리 합창이 흐릅니다. 살아 있는 것이라면 그
무엇도 거역할 수 없는 우주의 순환이지요. 사람도 예외
가 아닙니다. 그래서 올봄엔 저 굳게 닫힌 싸리문도 마침
내 열릴 것이라고 굳게 믿어봅니다. 그런 나의 기도를 거
들어주느라 낮에는 꾀꼬리가 산에서 울고, 밤에는 잠에서
깬 부엉이 소리가 밤새 메아리를 칩니다.

봄이면 안폭이 열러는데
저 싸릿문은

이사형

봄은
고양이처럼
간질이며 온다

세찬 겨울바람에 잠을 설치다가 아침에 눈을 떠보니 앞뜰에 폭신한 봄기운이 내려앉았습니다. 봄은 그렇게 사뿐히 담장을 뛰어넘는 도둑고양이처럼 소리 없이 찾아옵니다. 부드러운 고양이 털처럼 살살 간질이는 봄바람에 종종걸음을 치던 사람들의 발걸음도 한결 느긋해집니다. 하지만 위대한 봄의 힘도 모든 사람의 마음에 박힌 얼음까지 녹이지는 못하나 봅니다. 뉴스 사회면을 장식하는 그런 이들에게 큰 소리로 말해주고 싶습니다.

"봄이 왔다구요!"

봄은 고양이 털처럼
간지르며 온다

미시형

봄

기차도 서지 않는 마을에
바람이 봄을 싣고 온다

지도에도 나오지 않는 이름 없는 산골에 바람이 봄소식을
실어 나릅니다. 개나리가 노란 꽃망울을 터트리고 골짜기
바위 옆에는 붉은 진달래가 화사하게 피었습니다. 기차도
서지 않고 사람들의 발길도 뜸한 곳이지만 계절은 어김없
이 공평하게 찾아옵니다. 복잡한 도심 속에서 오늘도 분
초를 쪼개어 사느라 봄볕 한 번 제대로 음미할 새가 없는
이들을 생각하니 아름다운 산골의 봄을 혼자 즐기는 것이
슬며시 죄스러운 마음까지 듭니다.

이시형

가자도 서지 안는 여름에
바람이 봄을 신고온다

봄

섬진강에
가슴을 열어라
따뜻한 남녘바람이

이른 봄이면 세로토닌 문화원의 식구들과 문화기행을 하러, 때로는 지인들과 호젓한 시간을 보내러 섬진강을 찾곤 합니다. 화개장터에서 재첩국 점심상으로 봄기운을 만끽하고, 매화의 단아한 맛도 이때가 절정입니다. 맨발로 백사장을 밟으면 차가우면서도 보드라운 모래가 마치 코끝에 스치는 봄바람처럼 발바닥을 간질이지요. 달 밝은 밤이면 그렇게 발목까지 물에 담근 채 강변에 누워 지금쯤 도시의 사람들은 무얼 하고 있을까, 생각에 잠깁니다.

섬진강에 가슴을 열거라 따뜻한 남녁 바람이

복사꽃
그늘 아래
넌 시를 읊고

〈외나무다리〉라는 노래의 가사 중에 '복사꽃 능금꽃 피는 내 고향'이라는 구절이 있습니다. 한적한 산골에 핀 복사꽃은 눈길을 끌 만큼 화려한 맵시는 아니라서 다행히도 구경꾼들을 몰고 다니지 않습니다. 지천으로 만개한 복사꽃 그늘 아래 한가로이 앉아 홀로 꽃구경을 하다 보면 수줍은 꽃잎을 감추어주려는 듯 사이사이로 파란 잎들이 돋아난 게 보입니다. 한국적 정서가 담뿍 담긴 이 꽃을 예찬하는 시詩라도 한 수 읊어야 할 것만 같은 풍경입니다.

복사꽃 그늘 아래 낯설음 읊고

비 시현,

양지바른 언덕에
봄이
졸고 있다

없는 살림에 겨울은 참 살기 고단한 계절입니다. 사정없이 쳐들어온 동장군처럼 봄도 거칠 것 없이 와준다면 얼마나 좋을까요. 그런데 손꼽아 기다리는 그 봄이란 녀석이 애간장을 태웁니다. 봄인가 하면 난데없이 눈이 내리고, 봄인가 해서 개나리도 폈는데 갑자기 기온이 뚝 떨어집니다. 느릿느릿 오다가 양지바른 언덕에서 낮잠이라도 든 게지요. 그래서 봄은 그만큼 더 아쉽고 애달픈 계절입니다.

양지 바른 언덕에
봄이 졸고 있다

이시형

봄바람은 부드럽다
해질녘
심술을 부릴 때까지는

드디어 혹독했던 겨울이 가고 봄바람이 불어오기 시작하
면 그제야 한숨을 돌리고 웅크렸던 허리를 폅니다. 그런
데 서산으로 해가 뉘엿뉘엿 넘어갈 쯤에는 풀어헤쳤던 옷
깃을 다시 슬슬 여며야 합니다. 봄밤의 한기가 스멀스멀
파고들어 온몸을 오싹하게 만들기 때문입니다. 감기에 걸
리기 딱 좋은 때이기도 하지요. 이것은 봄날의 심술이라
기보다는 추위에 떨던 몸이 따뜻해진 기온에 적응할 때까
지 조심하라는 자연의 경고입니다.

봄바람은 부드럽다
해질녁 산술을 부릴때까지는   이시형

봄

거친 붓으로
매화를 그릴
생각 말게
찔레가 아파운다

문인화를 시작할 때 제일 처음 배우는 것이 매란국죽梅蘭
菊竹, 사군자입니다. 그중에서 제일 애를 먹었던 것이 매
화였습니다. 내가 그림에 영 소질이 없어서 그런 것만은
아니었습니다. 단아한 선비 같은 매화를 그리기에는 격한
성품으로 이끄는 붓끝이 너무 거칠었던 겁니다. 그런 내
성품이 행여 청아한 매화의 혼을 더럽힐까, 얼마간은 매
화를 그리지 않기로 했습니다.

거친 붓으로 꽃 그릴 생각 말게
찔레가 나더운다   이시형 ⊕

매화가 피는 아침
까치도
울고 갔으니

어느 한순간이라도 너를 잊은 날이 없습니다. 봄이 오면
저 싸리문을 열고 들어오겠지, 잠결에도 바람 속에 네 발
자국 소리가 섞였을까 귀를 기울입니다. 드디어 매화 꽃봉
오리가 살포시 눈을 뜨고 아침에는 까치가 요란스레 울어
댔습니다. 오랜 기다림이 지치고 아프다 해도 설레는 그리
움이 있기에 행복합니다. 네가 오기를 바라는 나의 바람이
매번 허망하게 끝이 나곤 했지만, 매화도 피고 까치도 울
었으니 오늘은 여느 때와는 조금 다를 것 같습니다.

매화가 피는 아침
까치도 울고갔으니

이시형

그리고
꽃이 피면
시를 쓰겠지

먼 산에 벌써 진달래가 피었습니다. 조금 있으면 여기에
도 여기저기 꽃들이 피어나겠지요. 상상만으로도 가슴이
설렙니다. 가만히, 마음속으로 퍼져나가는 봄의 파동을
느껴봅니다. 벅차오르는 기쁨으로 봄의 노래에 맞춰 춤이
라도 추고 싶어집니다. 한 발 앞선 냇가 수양버들이 흥에
겨워 머리채를 흔들어댑니다. 봄이 오고 있습니다.

그리고 꽃이 피면
시를 쓰겠지

이시형

철새는
노을 속으로
사라져갔습니다

겨울을 보낸 철새들이 다시 북쪽으로 돌아가는 길. 선연하게 타오르는 지평선의 노을 속으로 긴 행렬이 지나갑니다. 겨우내 잔열했던 몸들은 잘 다듬어 놓았는지, 물 한 모금 마시지 못한 채 수만 리 장천을 무사히 날아가기를 빌며 가만히 바라보고 있습니다. 새들이 자취를 감추고 나면 비로소 한 해가 가버린 것 같아 쓸쓸해지는 내 마음처럼 텅 빈 하늘도 허전할 테지요.

철새는 노을 속으로 살아져 갔읍니다

이시형 🔴

게으른 봄이
어느 날 폭발하듯
천지를 누빈다

아직인가. 어젯밤도 겨울 찬바람 심술에 코트 깃을 세우
고 종종걸음 치게 하더니, 오늘 아침 맑은 하늘이 열리고
움츠린 계절이 폭발하듯 온 천지를 물들입니다. 그렇게
인색하게 굴더니요.

게으른 봄이
어느날 폭발하듯 천지를 누빈다
이시형

봄은 아직
저만치서
머뭇거리는데

요 며칠 찬바람 거세지니 봄이 오다 감기가 걸렸나, 아니
면 긴 겨울나기에 지쳤을까요. 어느 양지바른 바위에 기
대 앉아 낮잠을 자는 걸까요, 게으름을 피우는 걸까요. 올
봄은 풋내기 연인들의 가슴을 태웁니다.

봄은 아직 저만치서
머뭇거리는데   이시형 [印]

또 꽃이 봄이
나이든 가슴에
설렘이

봄이 온다고 특별히 좋을 일도 없는데 괜히 가슴이 설레는 건 무슨 연고일까요. 추위에 움츠린 몸과 함께 마음도 풀려서일까요. 시내가 파릇한 수양버들 가지에서 봄은 어김없이 또 온 모양입니다. 그래, 올해도 가자. 복사꽃 살구꽃 피는 고장, 영주 나들이할 생각에 벌써 가슴이 뜁니다. 부석사 저녁 종소리에 눈물겨웠던 그 감상이 다시 올까, 가슴 조입니다.

또 꽃에 봄이
나이는 가슴에 설렘이   이사형

네 마음도
봄처럼
풀렸으면

봄이면 모든 게 녹아 부드럽게 흘러갑니다. 겨우내 얼었던 여울물, 나무 아래 잔설마저 녹아내리면 계절은 영락없이 봄입니다. 앞뜰에 매화가 피고 종다리 높이 뜨면 봄은 모든 이의 가슴에도 포근히 녹아내립니다. 지나고 나면 별일도 아닌데 토라진 네 마음도 봄과 함께 활짝 열리고 앙금이 풀렸으면 좋겠습니다. 그게 봄이, 자연이 주는 축복이 아니던가요. 단아한 매화, 여울물 맑은 소리도 흘렀으면.

내 마음도
봄처럼 풀렸으면

이시형 ✿

산 깊이
홀로 핀 꽃이
외롭지 않은 것은

선마을에 달이 떴습니다. 어슬렁거리며 뒷산을 올랐습니다. 이상합니다. 산정에서 따뜻한 남녘바람이 불어옵니다. 바위에 걸터 앉아 조용한 산을 둘러봅니다. 아, 저게 꽃이 아닌가, 바위 뒤에 이름 모를 꽃 한 송이 피어 있습니다. 누구도 봐줄 이 없는 깊은 산골에 홀로 핀 꽃. 너무나 외로워 보였습니다. 하지만 내 생각과는 아랑곳없이 자세히 들여다볼수록 활짝 밝은 웃음을 머금고 있습니다. 전혀 외로운 기색이 아닙니다. 외롭다니요? 달이, 별이 있고 바람이 불고 나무, 바위, 다람쥐… 그러고 보니 다정한 이웃들이 너무 많습니다.

여름

나는 나입니다. 누가 뭐래도 나답게 살아야 합니다.
천지를 둘러보세요. 산천초목 어느 하나 같은 게 없습니다.
생긴 대로 살아야 합니다.
인생 여정은 변화무쌍한 바다 같습니다. 그래서 힘들기도 하지만
어려운 한 고비 넘길 적마다 우리 인생이 한 마디
대나무 죽순처럼 쑥쑥 자라납니다.

젊음이란
시계를
보지 않는 것

갈 수 있는 데까지 가보는 겁니다. 그러다 지쳐 쓰러져 잠이 들면 그것대로 달콤한 휴식이 됩니다. 아무리 퍼내도 다시 고이는 샘처럼, 튼튼한 심장에서 힘차게 뿜어져 나오는 젊음의 에너지는 멈출 줄을 모릅니다. 그렇게 앞만 보며 달려가는 길에 뒤를 힐끔거리며 시계를 들여다볼 여유 따위는 없습니다.

젊음이란
시계를 보지 않는것

비 시현 🔖

남산에 올라 비게 졌은
서울을 내려다 봐
이 시헣

남산에 올라
비에 젖은
서울을 내려다보니

시내 한복판에서 올려다보면 빽빽한 빌딩 숲에 현기증이
날 지경입니다. 나는 내 한 몸 누일 방 한 칸이 없어 애가
타는데, 저들은 어떻게 저런 높은 빌딩을 지을 수 있었을
까요. 심술이 치밀어 오릅니다. 어느 비 오는 날 남산에
올라 서울 풍경을 내려다봅니다. 그 높던 빌딩들이 점 하
나를 찍어 놓은 것처럼 참 별게 아니더군요. 그러니까, 세
상은 보기 나름이라는 겁니다.

여름

희망은 공짜다
단 땀이
필요하다

그 어떤 절망 앞에서도 희망을 품으면 뇌에서 활동성 호
르몬이 분비되면서 온몸의 세포에 활기가 돌고 힘이 솟습
니다. 희망이 갖는 의학적 효과이지요. 게다가 희망이 제
일 좋은 점은 마음만 먹으면 공짜라는 겁니다. 단, 이 희
망이 제대로 효과를 내려면 꼭 필요한 것이 한 가지 있습
니다. 바로 땀입니다. 땀에 젖지 않은 희망만으로는 절망
을 무찌를 수 없습니다.

희망은 공짜다
단 땀이 필요하다

이 시현 🔲

난파선에
닻을 올리고,
그게 인생이다

지난여름 강릉에 갔다가 땀을 뻘뻘 흘리며 난파선을 수리하고 있는 한 젊은이를 보았습니다. 그런다고 그 배가 당장 다시 뜰 것 같아 보이지는 않았는데 말이지요. 인생은 장미꽃이 만발한 화원이 아닙니다. 지금 당장 비바람이 몰아치지 않는다고 영원히 맑은 날일 리 없고, 오늘 바다가 잔잔하다고 내일 파랑이 일지 않는다는 보장이 없습니다. 그러니 난파선에 닻을 올리고 늘 새로운 출발을 준비하는 자세가 필요합니다.

돛단배에 닻을 올리고
그제 人生이다

미시형

솔바람 부는
설산에 올라
저 늙은이의
절규를 들어보라

한강공원이 지척이라 가끔씩 들러 강바람을 쐬곤 합니다. 강변을 걷는 연인들, 자전거를 타는 젊은이들의 즐거운 웃음소리에 덩달아 내 마음도 푸근해지지요. 아름다운 그들을 바라보며 늙은 정신과 의사의 노파심은 아직도 뜨거운 비무장지대DMZ를 떠올립니다. 그것이 문화원에서 '국군장병에게 감사의 북 보내기' 운동을 하고 있는 까닭입니다.

솔바람부는 선산에 올라
저 흰옷이 외 저 그늘 들어 보아

이시형

여름

세월은
잠이 없다

세상 만물이 단잠에 빠진 밤이라고 도도하게 흐르던 강물
이 느려지는 법은 없습니다. 세월도 잠이 없기는 마찬가
지입니다. 이것을 깨달았다면 성공 궤도의 출발점에 섰
다는 증거입니다. 나는 지금도 새벽 4시 반이면 일어납니
다. 평생을 그렇게 살았습니다. 그것이 오늘의 나를 이만
큼이나마 있게 해준 원동력이라고 나는 믿습니다.

세월은 잠이 없다

이시헌

젊음의 뒤안길엔
언제나 서럽고
아름다운 아픔이

나는 그때 그것이 아픔인 줄도, 고생인 줄도 몰랐습니다. 그 힘겨운 세월을 어떻게 버티며 살았을까, 신기하지만 그 시절의 우리에겐 한가로이 생각에 잠길 시간조차 사치였던 탓이었겠지요. 그렇게 앞만 보며 미련스럽게 달리던 것도 나의 찬란한 젊음의 한때라, 이제와 뒤돌아보니 그 숱한 아픔도 고생도 그저 아름답기만 합니다.

젊음의 뒤안길엔 언제나
설엄고 아름다운 아픔이

이시형

정상에도
나눌 자리가
있다

작은 NGO 운동을 하다 보면 세상인심을 피부로 느낍니다. 베풂의 문화가 익숙하지 않은 탓인지 가진 게 넘쳐도 야속하리만치 인색한 사람들이 있습니다. 그런가 하면 얼마 전 감사하게도 원로 연극배우 한 분이 친구와 함께 제주도 해병대를 위한 드럼 클럽을 창단해주셨습니다. 나누는 마음은 주머니의 크기와 비례하지 않습니다.

정상에도
나눌자리가 있다
이시형

거친 광야를
달리는 젊음의
절규를 들어보라

철원에서 하룻밤 묵어갈 일이 있었는데 한밤중에 임진강
너머로 청년들의 함성이 들려오는 겁니다. 천지가 진동하
는 호랑이의 포효소리 같았습니다. 문득 근처에 군부대가
있다는 데 생각이 미치자 갑자기 숙연해졌습니다. 저들이
있어 오늘 밤 내가 편히 잘 수 있는 것이겠지요. 그 함성
이 살아 있는 한, 나는 든든합니다.

거친 광야를 달리는
젊음의 질주를 들어보라

이시형

묻지 말게
어디로
가는지

달 밝은 밤, 배에 몸을 싣고 나면 어디로 가느냐고 묻지도
말고 그냥 강물이 이끄는 대로, 바람이 데리고 가는 대로
흘러가는 겁니다. 어디에도 매이지 않은 자유로움과 달빛
아래 숨은 은밀함까지. 살다 보면 이런 밤도 있어 좋은 게
지요.

굳지말게
내려중 가차지

이시흥

여름은 덥다
그리고 더워야 한다

이시형

여름은 덥다
그리고
더워야 한다

발달한 과학문명 덕분에 계절을 거꾸로 살려는 사람들이
늘어나다 보니 냉방병처럼 희한한 병이 생겨나는 겁니다.
불볕더위를 견딘 곡식들이 가을에 더욱 풍성한 결실을 맺
는 것처럼, 사람도 여름을 여름답게 나야 더욱 튼튼해지
는 법이지요. 그러니 덥다고 불평할 게 아니라 여름은 더
운 게 당연하다고 담담하게 받아들여야 합니다.

그 언덕에 올라라
채 훈풍에 가슴을 열어라

이시형

그 언덕에
올라라,
유월 훈풍에
가슴을 열어라

싱그런 유월六月 훈풍이 불거든 언덕에 오르세요. 그리고
활짝 가슴을 여세요. 싱그러운 바람이 우리의 어둡고 칙칙
한 구석까지 세상 풍진 다 털고 훤히 씻어 내줍니다. 몸만
이 아닙니다. 마음도 영혼까지 청명한 기운으로 넘쳐납니
다. 훨훨 저 끝없는 푸른 유월의 창공을 날 것 같습니다.

여
름

장미가 아름답고
화려한 건
한여름 한더위에
피어나기 때문이다

장미는 꽃의 여왕입니다. 장미보다 화려하고 아름다운 꽃은 없습니다. 그리고 그 향기 또한 일품입니다. 장미 정원 언저리에 가면 취해 넘어질 지경입니다. 누가 어떻게 이리도 화려하고 향기롭게 만들었을까요. 한여름 한더위에 만물이 풀죽어 있는데 유독 장미만이 날 보란 듯 화려하게 웃고 있습니다. 도대체 저 저력이 어디서 나타났을까요. 한여름 한더위를 이겨내고 피어나기에 불같은 태양 앞에 굴하지 않고 자기 고유의 화려함을 한껏 뽐낼 수 있는 것. 형편없는 박토에 명품 와인이 숙성되는 것처럼.

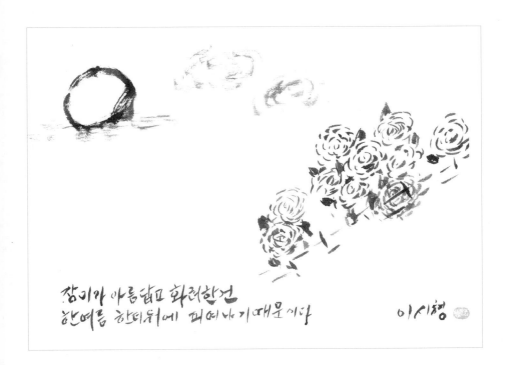

장미가 아름답고 화려한건
한여름 한더위에 피어나기때문이다

이시형

여름

이 세상 어디에
너 닮은 사람 있던가
너답게 살게

세상 어디를 가보세요. 그 많은 사람 중에 너 닮은 사람은 없습니다. 생각할수록 신기한 일입니다. 그만큼 인간은 타고나길 개성적으로 생겼습니다. 누구도 나를 따를 사람은 없습니다. 딱하게도 요즘은 사람들이 획일적으로 되는 것 같습니다. 유행이라는 괴물이 대표적입니다. 남들과 같지 않으면 당장 소외감, 열등감으로 고민하기 시작

이 세상 어디에 머묾은 사람도 있던가
나답게 살게

효천 이시형

합니다. 나는 나입니다. 누가 뭐래도 나답게 살아야 합니다. 천지를 둘러보세요. 산천초목 어느 하나 같은 게 없습니다. 참으로 독창적이고 개성적입니다. 생긴 대로 살아야 합니다.

선비는 간데없고
펼쳐놓은 책장에
빈 바람만
쉬다 간다

소위 선진국이라 불리는 나라에는 사람들 손에 책이 들려 있습니다. 대합실, 버스, 지하철, 비행기든 틈만 나면 책을 펼쳐듭니다. 이웃 일본도 다르지 않습니다. 아, 저런 독서열이 선진국을 만들었구나 하는 생각을 하게 됩니다. 책이 사람을 만듭니다. 융·복합시대, 책보다 중요한 정보원이 달리 없습니다. 모든 아이디어, 창의적 발상도 독서에서 비롯됩니다. 저 좋은 정자에 책을 펼쳐든 선비가 없다는 게 못내 아쉽습니다.

선비는 잔디 덮고
펼쳐 놓은 책장에 빈바람만 쉬다 간다

뱃길, 인생길이
다르지
않느니라

파도 없는 바다는 상상도 할 수 없습니다. 바람이 없어도
언제나 바다는 출렁입니다. 고요한 바다는 죽음의 바다입
니다. 인생길도 다르지 않습니다. 산다는 건 곧 길을 간다
는 뜻입니다. 힘든 인생 여정이 언제나 평탄할 수만은 없
습니다. 오르막, 내리막이 있는가 하면 까마득한 절벽이
가로막을 수도 있습니다. 그래서 인생입니다. 인생 여정
은 변화무쌍한 바다 같습니다. 그래서 힘들기도 하지만
어려운 한 고비 넘길 적마다 우리 인생이 한 마디 대나무
죽순처럼 쑥쑥 자라납니다.

뱃길 人生길이 다르지 않느니라

효천 이시형

가을

내 존재의 바닥이 통째로 흔들립니다. 갑자기 철학자라도
된 것 같습니다. 그래서 젊은 날에는 열병처럼
고독을 앓아봐야 한다고 했나 봅니다.
그 눈부신 병치레가 끝나고 나면 대나무가 마디를 지으며 자라듯,
인생도 더욱 단단해지기 때문입니다.

외로움은
아름다운 그리움이
있기 때문이다

외로움은 아무 때나 오지 않습니다. 선연한 낙조를 마주할 때, 만천의 별이 영롱하게 빛날 때, 조용한 호반에 둥근 달이 뜰 때, 좋은 풍경에 취하였으나 함께 할 사람이 없을 때 외로움이 찾아옵니다. 때로 짙어진 외로움이 아픔이 되기도 하지만 그 시작은 그리움입니다. 그래서 외로움은 참으로 아름답고 인간적인 감정이지요. 외로움을 타지 않는다는 사람도 있기는 하지만 외로움을 모르고서야 그게 어찌 인생일 수 있을까요.

외로움은 아름다운
그리움이 있기 때문이다
이시형

가을

추억이
아름답다니

이별의 아픔도 시간이 지나면 아름다운 기억이 되곤 합니
다. 세월이 약이라는 말처럼 우리의 뇌에는 상처를 치유하
여 긍정적으로 승화시키는 자동유도장치가 있기 때문입니
다. 어느 늦은 가을밤, 문득 미국 유학시절이 떠오릅니다.
1불로 하루를 버티며 도넛으로 끼니를 때우던 그 시절이
왜 그리도 그리운 것인지 잠마저 달아나버렸습니다.

추억이 아름답다니?

이시형

기약은 없다만
달이
하도 밝아서

'행여나, 해서가 아니라 그저 달이 밝아 나가본 겁니다.'
라는 말이 쉬 나오질 않습니다. 진심이 아니기 때문입니
다. 오솔길 위로 이제라도 토닥토닥 나지막한 발자국 소
리가 들릴 것 같은데 빈 바람에 낙엽만 흩날립니다. 그리
길지 않은 세월이 흘렀을 뿐인데 다정했던 그 길이 어쩌
면 이렇게도 쓸쓸하고 허전해졌을까요. 차마 접지 못한
간절한 그리움만 아직도 길 위를 홀로 헤매고 있습니다.

기억은 없다만
달이 하도 밝아서

이시형

눈물을 역을어 설까
어스럼 새벽달이 참 곱다

이 시형

눈물을
머금어서일까
어스름 새벽달이
참 곱다

밤새 잠 못 드는 이가 있습니다. 조용히 달을 올려다보는 눈가에 보석 같은 이슬이 반짝입니다. 천사의 눈물 같습니다. 참 고운 얼굴입니다. 낙엽 하나가 조용히 어깨에 내려앉습니다. 한 폭의 그림이 따로 없습니다. 사연이야 물어 무엇 하겠습니까. 속절없이 깊어가는 가을, 누구에게나 그런 밤이 한 번쯤은 있어도 좋겠지요.

가을

고독은
젊은 날의
아름다운 상처다

도심 한복판에서 문득 고독을 느낄 때가 있습니다. 수많은 사람들 속에 덩그러니 나 혼자 이방인인 것만 같습니다. 순간 걷잡을 수 없는 고독의 심연으로 빠져듭니다. 나는 누구이며, 어디로 가고 있는 것일까. 내 존재의 바닥이 통째로 흔들립니다. 갑자기 철학자라도 된 것 같습니다. 그래서 젊은 날에는 열병처럼 고독을 앓아봐야 한다고 했나 봅니다. 그 눈부신 병치레가 끝나고 나면 대나무가 마디를 지으며 자라듯, 인생도 더욱 단단해지기 때문입니다.

고독은 젊은 날의
아름다운 상처다
이시형

노송은
천년을 푸르른데
선비는 간데없고

지금도 시골길을 가다 보면 경치 좋은 곳에 멋진 정자가 들어앉아 있는 걸 볼 수 있습니다. 그 곁에 서서 고고하고 늠름한 기품을 자랑하는 천년노송도 여전히 변함이 없는데 선비들 글 읽는 소리만 간데없습니다. 노송처럼 서슬 퍼런 선비의 기상이 오늘까지 이 땅에 살아 있었더라면 우리 사회가 이리 혼탁하지는 않았을 텐데, 아쉬운 마음을 누를 길이 없습니다. 먼지 앉은 정자에서 저 혼자 노닐다 가는 바람의 옷자락을 붙들고 노송도 슬피 웁니다.

노송은 천년을 푸르른데
선비는 간데 없고   이시형

과학문명은
양날의 칼
이걸 체득하셨다면
당신은 건강합니다

과학문명은 편리함과 효율을 추구합니다. 덕분에 살기는 편해졌지만 비싼 대가를 치러야 합니다. 자동차가 대중화되면서 대기오염과 교통사고가 늘어나고 운동량 부족으로 사람들의 건강에 빨간불이 켜졌습니다. 스마트폰이 대중화되면서 사람들은 더 이상 전화번호를 기억하려고 애쓰지 않습니다. 문명의 발달이 신체정신기능의 퇴화를 불러오게 된 것이지요. 이렇게 과학문명이 양날의 칼인 걸 안다면 그래도 문명 중독에서 빠져나올 희망은 있습니다.

과학문명은 양날의 칼
이를 체득하셨다면 당신은 건강합시다
이시형

가을 달이
밝으면
낙엽이
시를 쓴다

달 밝은 가을밤, 나무 아래에 가만히 앉아보십시오. 솔솔
부는 가을바람에 이슬 젖은 낙엽이 한 잎 두 잎 날리며 달
빛에 반짝이는 순간, 우주의 신비로운 조화에 할 말을 잃
게 됩니다. 내 마음을 대신해서 낙엽들이 밤하늘 위에 아
름다운 시를 쓰고, 귀뚜라미들이 깊어가는 가을을 위한
세레나데를 만들어내지요. 이런 밤, 달리 더 바랄 게 무엇
이 있겠습니까.

가을달이 밝으면
나뭇잎이 시를 쓴다

이 시형

그 오솔길 낙엽은 쌓여도
밟는이 없고 빈 바람만
이 시형

그 오솔길 낙엽은
쌓여도 밟는 이 없고
빈 바람만

가을이면 왜 괜히 슬퍼지기도 하고 외롭고 쓸쓸해서 때
론 눈물이 왈칵 쏟아질 때도 있습니다. 지난주 저는 홍천
선마을에서 일주일을 보냈습니다. 얼마나 날씨가 청명한
지 가을 하늘이 눈부시게 아름다운 날, 뒷짐 지고 슬금슬
금 뒷산을 올랐습니다. 벌써 낙엽이 쌓였습니다. 아, 올해
도 또 벌써라는 말을 되뇌게 됩니다. 낙엽을 밟으며 올라
가노라니 갑자기 눈물이 왈칵 쏟아지는 겁니다. 나이답지
않게. 하지만 가을이 주는 멋진 선물이었습니다.

달이 지고 어둠에 잠겨도
설레는건 아침이다
이시형

달이 지고
낙엽이 진다고
설운 것은 아닙니다

가을밤은 모든 게 지곤 합니다. 그게 가을이란 계절의 심
술궂은 심성인 것도 같습니다. 모든 게 져도 내 마음속엔
지지 않는 그림자가 있습니다. 모든 게 다 져도 마음은 너
로 인해 가득 찼으니 텅 빈 가을 들판에서도 풍요롭기만
합니다. 하지만 이제라도 곧 나타날 것만 같은 네 모습은
끝내 보이지 않고 낡은 달마저 지고 말려나 봅니다. 넌 언
제나 가슴에만 있어야 하는 야속한 존재로 내 가슴을 채
우고 있습니다.

가을

겨울

우리도 김이 모락모락 피어나는 커피 한 잔처럼,
누군가의 마음을 따뜻하게 덥혀줄 수 있는
그런 사람이 되어야겠습니다.
설한풍을 맞으며 꿋꿋하게 서 있는 겨울 나목 앞에서 적어도
부끄러운 사람은 되지 말아야겠습니다.

간밤에
첫눈이 다녀갔습니다
까치는
오늘 아침에도
울음을 잊었고

간밤에 첫눈이 살짝 다녀갔나 봅니다. 아직 한창인 가을에게 자꾸 물러나라고 재촉을 해댔던 거지요. 가을바람이 질 새라 불어대는 통에 골짜기에만 희끗하니 겨우 흔적을 남겼습니다. 아침 해가 밝아오니 골짜기로 쫓겨났던 눈마저 사라지고 다시 가을 세상입니다. 단풍이 더욱 화려한 자태를 뽐내고 까치마저 울지 않고 눈을 박대합니다. 성급했던 첫눈이 호된 신고식을 치렀습니다. 그러니 무슨 일이든 때가 있는 법입니다.

간밤에 첫눈이 다녀갔읍니다
까치는 오늘아침에도 울음을 빚었고

이 시형

창밖엔
첫눈이
내리고 있었다

일찍감치 잠에서 깬 아침, 창을 여니 어럽쇼! 첫눈이 오
고 있는 겁니다. 그것도 오는 둥 마는 둥 하는 눈이 아니
라 펑펑 쏟아지는 함박눈입니다. 아직 가을 기운이 채 가
시기도 전이건만 산골의 눈은 급하기도 합니다. 겨울의
전령사가 당도하였으니 어제까지 화려했던 단풍들도 곧
꼼짝없이 물러나게 되겠지요. 첫눈이 제법 깊었는지 수풀

창밖엔 첫눈이 내리고 있었다

을 서성대던 짐승들도 새들도 움직일 기미가 없고 탐스러
운 눈송이만 하염없이 내리고 있습니다.

김이 모락모락
그 얼음집

동장군이 얼음칼을 멋대로 휘두르고 다니는 겨울이면 마음까지 꽁꽁 얼어붙는 것 같습니다. 하지만 언제 찾아가도 나를 따뜻하게 맞아줄 곳이 하나쯤 있다는 건 참으로 큰 행운이 아닐 수 없습니다. 양평 호숫가에 있는 작은 카페가 내게는 그런 곳입니다. 아무리 세상이 얼음왕국이어도 거기 앉아 커피 한 잔을 손에 쥐고 있자면 잔뜩 웅크렸

김이 모락모락 그 얼음집

이시형

던 어깨가 저절로 풀리고 온몸에 온기가 퍼집니다. 우리도
김이 모락모락 피어나는 커피 한 잔처럼, 누군가의 마음을
따뜻하게 덥혀줄 수 있는 그런 사람이 되어야겠습니다.

겨울 나목의
맥박을
들어보셨나요

침묵의 수도자처럼 고요하게 서 있는 나목의 앙상한 목피 밑으로 불뚝불뚝 맥박이 뛰는 소리를 들어본 적이 있는지요. 긴긴 겨울을 버티는 동안 나무는 그저 하릴없이 잠에 빠져 있는 게 아닙니다. 얼어붙은 땅속 깊이 뿌리를 들이밀고 높은 잔가지 끝까지 영양분을 올려 보내느라 잠시도 쉴 새가 없습니다. 그 메마른 몸뚱이 안에는 다가올 새봄을 준비하는 생의 기운이 힘차게 뛰고 있습니다.

겨울나목의 여백을 들어 보셨나요

이사형

풍성한 가을을
내주고
대지는

오곡백과가 무르익는 풍성한 가을 잔치를 끝내고 나면 대지는 벌거숭이 알몸으로 매서운 겨울을 맞습니다. 살아 있는 것들을 위해 전부를 내어주었지만 조금도 생색을 내지 않습니다. 날선 북풍에 찬 눈서리를 조용히 견디며 웅크린 품 안에 다시 새로운 생명들을 키워낼 채비를 할 뿐이지요.

풍성한 가을을 내주고 대지는 이시형 🔴

젊은 그대들에게
맑은 그 웃음을 빛처럼 빛나라
이시형

젊은 그대들이여
맑은 겨울 하늘
별처럼 빛나라

겨울이면 해쓱한 하늘에서 파사삭 유리 소리가 날 것만
같습니다. 밤조차 말갛게 갠 그런 하늘에는 별도 유난히
반짝거립니다. 걸음을 멈추고 밤하늘을 올려다보며 이 땅
의 젊은이들을 생각합니다. 아무리 한 치 앞도 보이지 않
는 어두운 세상이라지만 우리에겐 겨울 하늘의 별처럼 반
짝이는 젊은 그대들이 있습니다.

겨울

겨울 새벽달만
외로운 건
아닙니다

도무지 잠이 오지 않는 겨울 새벽, 세상은 아직 혼곤한 잠에 빠져 있는데 나는 홀로 깨어 깊은 생각에 빠져듭니다. 인적 없는 빈 거리를 하염없이 바라보는 달처럼 누구와도 나눌 수 없는 외로움을 짊어지고 사는 것이 인생이겠지요. 그래서 인간은 한없이 고독한 존재인가 봅니다.

겨울 새벽닭안
외로운건 아닙니다 이시형

야윈 가지에
매달린 잎들은
미련이 남아서일까
질 때를 잊은 걸까

찬바람이 불기 시작하면 나무들은 가을 내내 살랑이던 화
려한 잎들을 미련 없이 벗어던집니다. 그런데 아직도 야
윈 가지를 붙들고 애처롭게 대롱거리는 마른 잎들이 있습
니다. 나무에 대한 미련을 다 놓지 못해서일까요, 아니면
질 때를 잊은 걸까요? 나아갈 때와 물러날 때를 분별하지
못하여 추해지는 건 사람만이 아니랍니다.

아 윈가지에 개달긴 잎들
이런이 남어/석까 잘 때를 앚은널가   이시현

겨울밤이
깊어야
깊은 차 맛이
제대로 납니다

차 맛이 제대로 나려면 마음이 차분하게 가라앉는 겨울이
어야 하고, 온 세상이 깊은 적요 속에 잠기는 밤이어야 합
니다. 오늘은 웬일로 심술궂은 칼바람도 잠잠한 산골에
묵직한 어둠이 내려앉습니다. 아랫목에 앉아 생각에 잠긴
채 향기 그윽한 차 한 잔을 마주하니 세상에 부러울 것이
없습니다.

겨울밤이 깊어야
깊은 차맛이 제대로 납니다
이 시현

너에게
글쓰기
참 좋은 밤이다

스산한 바람이 불기 시작하면 들떴던 기분도 차분하게 가
라앉고 밖으로 향했던 눈이 안을 들여다보기 시작합니다.
그래서 긴 겨울밤은 마음을 다듬기에 참 좋은 시간입니
다. 비로소 나는 가슴 한편에 차곡차곡 쌓아두었던 이야기
들을 하나씩 꺼내어볼 용기를 냅니다. 겨울밤에는 누구든
진솔한 속내를 드러내는 문사文士가 될 수밖에 없습니다.

너에게 눈오기 참 좋은 밤이다

이시형

기다리지 않기로
했습니다
펑펑 눈이 내립니다

기다리지 않기로 했습니다. 이제는 그만 너를 놓아줘야
지, 노예처럼 묶여 있던 이 마음도 그만 풀어주어야지, 다
짐을 했습니다. 그렇게 미련을 버리자고 아무리 자신을
다잡아봐도 창밖에 펑펑 내리는 눈처럼 펑펑 쏟아지는 눈
물을 주체할 수가 없습니다.

기다리지 않기로 했읍니다
펑펑 눈이 나립니다
이사형

겨울밤이
길어야 하는
사연은

겨울밤이 길어야 하는 까닭은 그리운 이를 마음껏 그리워하기 위해서입니다. 때론 그리움이 날카로운 칼끝처럼 가슴을 찌르기도 하지만 그리운 사람이 있다는 건 분명 행복한 일입니다. 그런데 일상에 쫓기며 살다 보면 그리운 사람을 제대로 그리워할 시간도 잘 나지 않습니다. 그러니 오롯이 나만의 생각에 잠길 수 있는 이 긴긴밤들은 나에게 소중한 선물이 아닐 수 없습니다.

겨울밤이 길어야하는 사연은
이 시형 [印]

잎은 지면
뿌리로
돌아간다

제아무리 화려했던 잎이라도 때가 되면 낙엽이 되고, 낙엽은 거름이 되고, 거름은 뿌리로 돌아가 다시 새잎으로 태어날 준비를 합니다. 살아 있는 것들이라면 거스를 수 없는 대우주의 법칙이지요. 사람도 예외가 아닙니다. 그런데 대리석함에 고이 묻혀버린다면 우리는 어느 세월에 다시 흙으로 돌아갈 수 있을까요.

얼은 자연 뿌리로 돌아간다.

이시형

하얀 서리길   싸늘한 빰

이시형 🅂

하얀 서리길
싸늘한 뺨

하얗게 서리가 내린 겨울 새벽. 찬바람에 두 뺨은 싸늘하게 얼어붙지만 영혼은 잘 닦은 거울처럼 투명해집니다. 새벽길을 달리는 이들만이 알 수 있는 겨울의 행복이지요. 그렇지만 동편 하늘로 금빛 해가 떠오르면 그 맑은 기운도 안개처럼 사라져버리고 맙니다.

천년 세월
퍼렇게 살아 있는
노송의 기개를

아무리 세상에 변하지 않는 것이 없다고 하지만 우리는 너무 쉽게 변합니다. 그리고 작은 바람에도 너무 쉽게 흔들립니다. 그럴 때에는 소나무 숲을 한 번 찾아가보세요. 더위에 지친 한여름에도, 흰 눈이 펄펄 내리는 한겨울에도, 천 년 전이나 오늘이나 소나무 숲은 늘 한결같은 모습입니다. 그 변함없이 푸르른 노송의 기개 앞에 나는 늘 저절로 고개가 숙여지곤 합니다.

천년세월 푸르게 살아 있는 노송의 기개를

이 세 현

억새는
흔들리긴 하지만
꺾이진 않는다

하얗게 머리를 푼 억새들이 찬 겨울바람에 일제히 누우며
스산한 소리를 냅니다. 저러다 행여나 죄다 부러져버리지
는 않을까, 잠을 설칠 때가 있습니다. 그러다 바람이 잠잠
해지면 억새들은 아무 일도 없었다는 듯 도로 꼿꼿하게
고개를 치켜듭니다. 절의가 넘치는 선비의 붓 같은 그 억
새들을 뜰 앞에 가득 심었습니다.

억새는 흔들리긴하지만
꺾이진 안는다

이시형

따뜻한
겨울연인들

겨울은 연인들의 계절입니다. 조금이라도 가깝게 붙어 있어야 더 따뜻해지기 때문입니다. 그렇게 다정한 모습을 보면 보기에도 좋지만 한편으로는 부러운 생각도 듭니다. 겨울에는 외로운 사람도 추운 사람도 없게 세상 모든 이들에게 연인이 있었으면 좋겠습니다.

따뜻한 겨울 연인들

이시형

젊음이란
보이지 않는 계단을
끝없이 올라가는 것

젊음은 보이지 않는 계단을 끝없이 올라가는 것입니다. 그 끝이 아무리 까마득하다 해도, 그러다 난데없는 절벽이 눈앞을 가로막아도, 굴하지 않고 걸음을 멈추지 않는 것이 젊음입니다. 나이 먹은 사람이 나잇값을 해야 어른인 것처럼, 젊은 사람도 젊은 값을 해야 젊음이 부끄럽지 않은 법입니다.

젊음이란 보이지 않는 계단을
끝없이 올라가는 것 이시형

겨
울

눈서리
찬바람에 맞서
벗고 서보라

설한풍을 맞으며 꿋꿋하게 서 있는 겨울 나목 앞에서 적어도 부끄러운 사람은 되지 말아야겠습니다. 하물며 나무도 맨몸뚱이로 살을 에는 바람을 버티며 봄을 기다리고 있으니 때로 흔들리고 비틀거리는 인생이라도 다시 허리를 꿋꿋하게 펴고 가야겠습니다.

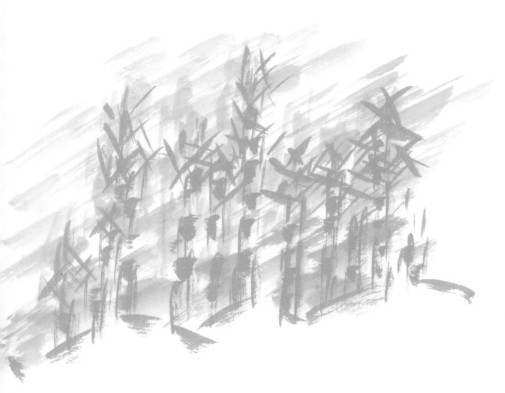

눈서리 찬바람에 맞서 벗고 서보라
이시형

겨울

마작막 장을 덮고 보니 '이크, 내가 또 한 번 큰 실수를 저지르고 말았구나.' 하는 생각이 듭니다. 겁도 없이. '그래도 내가 속에 담아둔 이야기를 풀어냈으니 그로써 된 거 아닌가.' 위로도 해봅니다.

별스럽지 않은 이야기에 후기를 다는 데는 나름의 작은 변명이 있습니다.

"이게 100권째 저서입니다."

내 비서가 하는 이야길 듣고 깜짝 놀랐습니다. 질은 두고라도 양만으로도 엄청난 작업입니다. 온갖 바쁜 일 다해가며 언제 그 많은 책을 썼는지 천성이 게으른 나로서는 기적 같은 이야기가 아닐 수 없습니다. 100권이라면 기념비적 사건이긴 한데, 내 솔직한 심경은 덤덤할 뿐입니다.

질이 문제지 무슨 양으로 따지느냐는 질책이 들려오기 때문입니다. 그래도 또 쓸 거냐고 묻습니다. 이 물음에 내 대답은 분명합니다. 써야 합니다. 해야 할 이야기가 넘칩니다. 세상 돌아가는 걸 보노라니 안 쓰고는 배길 수가 없는 걸요. 또? 라고 꾸짖지 말아주시기 바랍니다. 곧 101권째 책이 나옵니다.

이시형

농부가 된 의사 이야기
ⓒ 이시형, 2019

초판 1쇄 인쇄일 | 2019년 10월 11일
초판 1쇄 발행일 | 2019년 10월 28일

지은이 | 이시형
그린이 | 이시형
펴낸이 | 사태희
편집인 | 김미나 배우리
디자인 | 박소희
마케팅 | 박선정
제작인 | 이승욱 이대성
펴낸곳 | (주)특별한서재
출판등록 | 제2018-000085호
주 소 | 04037 서울시 마포구 양화로 59, 화승리버스텔 703호
전 화 | 02-3273-7878
팩 스 | 0505-832-0042
e-mail | specialbooks@naver.com
ISBN | 979-11-88912-58-2 (03810)

이 도서의 국립중앙도서관 출판예정도서목록(CIP)은 서지정보유통지원시스템
홈페이지(http://seoji.nl.go.kr)와 국가자료종합목록시스템(http://www.nl.go.kr/kolisnet)에서
이용하실 수 있습니다. (CIP제어번호 : CIP2019040017)